결핍으로 달콤하게

결핍으로
달콤하게

에밀리 디킨슨

서간집

박서영 옮김

민음사

에밀리 디킨슨

차례

1부 어바이아 루트에게

2부 수전 길버트에게

3부 새뮤얼 볼스에게

4부 홀랜드 부인에게

5부 T. W. 히긴슨에게

6부 로드 판사에게

1부
어바이아 루트에게

"끊임없이 탈주하는 계절들은
내게 매우 엄숙한 생각거리를
던져 주지."

어바이아 루트

어바이아 루트(1830-1915, Abiah Root)는 디킨슨이 학창 시절 가장 가깝게 지낸 친구들 중 한 명이다. 매사추세츠 스프링필드 출신으로, 애머스트에 있는 친척 집에서 머무르는 1년 동안 애머스트 아카데미에 다니면서 디킨슨과 친해졌다. 스프링필드에 있는 학교로 다시 전학을 간 이후에도 디킨슨과 약 10년간 스무 통이 넘는 편지를 주고받으며 우정을 이어 나간다.

어바이아에게 보낸 디킨슨의 편지에서는 외부 세계에 대한 호기심으로 가득했던 발랄한 십 대 소녀의 다채로운 생각과 복잡한 감정들을 읽어 낼 수 있다. 멀리 있는 친구를 향한 그리움과 애정을 담아 자신의 시시콜콜한 학교 생활이나 집안 사정 등을 천진하게 늘어놓은 긴 분량의 편지에서 나타나는 소녀 디킨슨의 열정적이고 적극적인 자기표현은 사색적이면서 함축적이고 간결한 성년기의 편지들과 인상적 대비를 이룬다.

교역자의 딸로서 독실한 기독교 신자였던 어바이아가 디킨슨에게 특별한 벗이었다는 사실은 무엇보다 디킨슨이 확고하지 않은 자신의 믿음에 대한 의심이나 영적 갈망에 대한 내밀한 고민들을 그녀에게 솔직하게 털어놓았다는 것에서 알 수 있다. 어바이아는 1954년 초여름, 새뮤얼 스트롱 목사와의 결혼을 앞두고 디킨슨을 자신의 집으로 초청하지만, 당시 이미 외부와의 접촉을 꺼리기 시작했던 디킨슨이 그녀의 초청을 거절하면서 이후 둘 사이의 관계는 소원해진다. 디킨슨이 어바이아에게 보낸 답장에서는 오랜 벗과의 교류를 갈망하면서도 결국 칩거를 택한, 예민하고 섬약해진 스물네 살 시인의 내면이 드러난다.

끊임없이 탈주하는 계절들

(1846년 9월 8일, 보스턴에서)

사랑하는 내 친구 어바이아에게,

너의 반가운 편지를 받아 본 지 너무—너무 오래되었는데, 그 점에 대해서는 내가 용서를 구하는 게 맞는 것 같아. 그리고 네 다정한 마음은 내 사과를 거부하지 않을 거라 확신해. 예상치 못한 여러 사정으로 인해 이렇게 늦어지게 되었어. 늦은 봄부터 내 건강이 많이 안 좋아져서 여름까지 계속 앓았단다. 너도 아마 소식을 들었겠지만, 애덤스 선생님이 애머스트 아카데미에서 근무하고 계시잖니. 바로 그 때문에 난 간절히 마지막 학기를 다니고 싶었고, 11주 동안은 학교에 나갔어. 그런데 끝 무렵에 몸이 너무 안 좋아져서 나는 학교를 떠나야만 했어. 하던 공부를 관두고 병약자로 취급받는 일은 내게 가혹한 시련이었지만, 건강 상태를 고려하면 나는 모든 근심에서 벗어나야만 하기에 희생을 감수해야 했지.

　몇 주 동안 심한 기침과 인후통을 겪으면서 몸이 전반적으로 쇠약해졌어. 학교를 관두고 한동안은 아무것도 안 하고 그저 들판을 걷거나 말을 탔지. 지금은 기침이나 다른 불편한 느낌들도 모두 사라지고 꽤 건강하고 강해졌어. 건강이 내 영혼에도 영향을 미쳐서 한동안은 축 처져 있었지만, 건강을 되찾으니 내 평소의 활기도 되돌아왔어.

　아버지와 어머니는 내게 여행이 도움이 될 거라 생각하셔서, 나는 두 주 전에 보스턴에 왔단다. 마차를 타는 건 정말 기분 좋은 경험이었고, 지금은 차분히 정착한 상태야. 도시에서 그런 상태가 존재할 수 있는지는 모르겠지만. 지금은 이모님 가족을 뵈러 와 있는데, 행복해. 행복하다고! 내가 말했니? 아니야, 행복하다기보다는 만족스러워. 오늘로 14일째 여기에 머무르는데, 그동안 나는 엄청나게 많은 신기한 것들을 보고 들었어. 아마 너도 내가 여기서 어떻게 시간을 보냈는지 궁금할 테지. 나는 마운트오번[1]과 중국 박물관, 그리고 벙커힐[2]에 갔어. 음악 공연에 두 번 갔고, 원예 전시회에도 한 번 갔지. 난 주

1　보스턴에 위치한 마운트오번(Mount Auburn)은 1831년 미국 최초로 조성된 공동묘지로, 경내의 아름다운 풍경 덕분에 추모객뿐만 아니라 관광객들도 많이 찾는다.
2　미국 독립 전쟁 초기였던 1775년에 미국군과 영국군이 교전한 곳. 희생자들을 기념하여 보스턴국립역사공원 내부에 1843년 기념탑이 세워졌다.

의사당의 꼭대기뿐 아니라 네가 상상할 수 있는 거의 모든 곳에 올라가 봤어. 마운트오번에 가 본 적 있니? 만약 안 가 봤다면 그 "죽은 자들의 도시"를 상상하기는 쉽지 않을 거야. 마치 자연이 자신의 아들딸들에게 특별히 안식처를 마련해 주려고 만든 장소 같았어. 지치고 낙심한 자들이 크게 뻗은 삼나무 아래 몸을 쭉 펴고 마치 "밤의 휴식을 취할 때처럼 혹은 일몰 무렵의 꽃처럼 고요히" 눈을 감을 수 있게 말이지.

중국 박물관은 신기한 것들로 가득했어. 중국 복식을 착용한, 중국인들을 닮은 다양한 종류의 밀랍 인형들이 있었단다. 또 중국인들이 만든 셀 수 없이 많은 종류의 물건들도 실내를 가득 채우고 있었어. 두 명의 중국인도 전시와 어우러져 있었는데, 한 명은 중국에서 음악을 가르치는 교수이고 또 다른 한 명은 고향에 있는 서당의 선생님이야. 두 사람 다 부유해서 일을 할 필요가 없었는데, 둘 다 아편쟁이여서 아편을 계속 피우다가 인생을 망치게 될까 봐 두려워졌대. 그런데 고국에서는 그 "단단한 습관의 사슬"을 끊을 수가 없어서 가족을 떠나 우리 나라에 왔다고 하더라. 지금은 그 습관을 완전히 극복한 상태야. 그분들의 자기 절제에는 뭔가 흥미로운 게 있었어.

중국인 음악가는 두 개의 악기를 연주하며 동시에 노래도 불렀단다. 이 아마추어가 연주를 하는 동안 난 평정을 유지하기 위해 웃음을 참지 못하는 내 성향을 강하게 통제해야만 했

어. 하지만 그분은 계속해서 정중하게 본국의 노래를 들려주
셨고, 우리는 그의 공연에 한껏 고양된 반응을 보여 주지 않을
수 없었어.

서예의 달인은 카드에 중국어로 자기 이름을 써 달라는
관람객들의 요구를 들어주느라 정신이 없었는데, 12.5센트씩
비용을 받았어. 그분은 바쁜 와중에도 원하는 사람들에게는
모두 카드를 써 주었어. 비니 것과 내 것도 얻어 왔는데, 나는
그것들을 아주 소중하게 간직하고 있지. 너는 여전히 노리치
에 머물면서 음악에 힘을 쏟고 있니? 나는 지금은 강습을 받고
있지 않지만, 집에 돌아가면 다시 시작하길 기대하고 있어.

이제 9월이 왔다는 것이 느껴지니? 여름이 어찌나 순식간
에 도망가 버렸는지. 허비한 시간들, 낭비한 순간들이 모여 있
는 천국으로 여름은 또 어떤 기록을 들고 갔을까? 오직 영원만
이 대답을 알겠지. 끊임없이 탈주하는 계절들은 내게 매우 엄
숙한 생각거리를 던져 주지. 그런데도 우리는 왜 그 시간들을
더 잘 보내려고 노력하지 않는 걸까?

시인이 얼마나 강조했었니. "우리는 시간을 잃고 나서야,
그 존재를 알아챈다. 그러니 시간에 대해 말하는 자가 현명하
다. 한순간도 낭비하지 말고 시간의 가치를 좇아라. 시간의 가
치는 임종의 침상에 물어보라. 그들이 말해 줄 것이다. 삶과 마
지못해 이별하듯 시간과 이별하라."라고.[3] 우리에게는 시간을

잘 쓸 수 있도록 해 주시는, 인간보다 더 높은 권위의 존재도 계시지. 하나님이 말씀하셨잖아. "낮이 지속되는 동안 일하라, 밤이 오면 누구도 일할 수 없으니."[4] 시간과 더욱더 마지못해 이별하기 위해 우리 함께 노력해 보자. 덧없는 순간의 톱니바퀴들이 멀리 사라져 희미해지고, 새롭게 다가오는 순간이 우리의 관심을 요구하는 것을 지켜보자. 사랑하는 A, 나는 그 모든 중요한 주제들에 대해 무관심하지 않아. 네가 편지에서 자주, 그리고 너무나 사랑스럽게도 나의 관심을 불러일으킨 그것들 말이야. 하지만 나는 아직 하나님과 화해에 이르지 못한 것 같아. 네 마음을 채우는 그 기쁜 감정들이 내게는 여전히 낯설게 느껴져. 난 하나님과 그분이 하신 약속들에 대한 완벽한 확신을 가지고 있거든. 그런데 왜인지는 모르겠지만, 지금 사는 세상이 내가 아끼는 것들 중에서 가장 중요한 위치를 차지하는 것 같아. 내가 만약 죽음을 명받는다 해도 예수님을 위해 이 모든 것들을 포기할 수 없을 것 같아. 사랑하는 A, 나를 위해 기도해 줘. 내가 하나님의 왕국에 들어갈 수 있기를, 그 빛나는 궁궐에 내 자리가 남아 있기를. 너는 왜 애머스트에는 오

---

3   에드워드 영(Edward Young)의 시집 『밤의 상념(Night Thoughts)』 속 구절들을 인용한 것이다. 디킨슨은 편지를 쓸 때 문학 작품이나 성경 속 구절들을 생각나는 대로 인용한 경우가 많아 대부분 원문과 정확히 일치하지 않는다.

4   「요한복음」 9장 4절.

지 않는 거니? 너를 다시 만나 내 품에 꼭 안고 우리가 떨어져 있는 동안 일어난 많은 일들에 대해 들려주고 싶은데. 이번 가을에는 꼭 와서 오래——오래 함께 있어 줘. 그렇게 해 줄 거지? 네가 떠난 이후 애머스트에는 많은 변화가 있었어. 꽃을 활짝 피운 이들은 최후의 심판을 받으러 떠났고 "조문자들은 거리를 왕래했지."[5] 내가 집을 떠날 무렵 애비는 엄마와 형제들을 만나러 애솔에 가 있었어. 그 애는 잘 지내고, 언제나 그렇듯 사랑스러워. 애비도 네게 곧 편지를 쓸 거야. 애비와 나는 너, 세라, 해티 메릴과 함께 보냈던 행복했던 시간들에 대해 아주 많은 얘기를 나누었단다. 아! 우리가 모두 다시 만날 수만 있다면 난 무엇이든 할 수 있는데. 사랑하는 A, 빨리 답장을 보내 줘. 그것도 아주, 아주 긴 편지로. 잊으면 안돼!!!!!

너의 사랑하는 친구
에밀리

---

5   「전도서」 12장 5절.

시

Some keep the Sabbath going to Church —
I keep it, staying at Home —
With a Bobolink for a Chorister —
And an Orchard, for a Dome —

Some keep the Sabbath in Surplice —
I, just wear my Wings —
And instead of tolling the Bell, for Church,
Our little Sexton — sings.

God preaches, a noted Clergyman —
And the sermon is never long,
So instead of getting to Heaven, at last —
I'm going, all along.

어떤 이들은 교회에 가서 안식일을 지키네 ─
나도 그것을 지키지, 집에 머무르면서 ─
성가대원으로는 쌀먹이새가 ─
돔 천장으로는, 과수원이 ─

어떤 이들은 전례복을 입고 안식일을 지키네 ─
나는, 그저 내 날개를 달지 ─
그리고 교회를 위해, 종을 울리는 대신,
우리의 귀여운 교회지기는 ─ 노래하지.

저명한 목사이신, 신이 설교하네 ─
그리고 설교는 절대 길지 않아.
그래서 끝내, 천국에 도달하는 대신 ─
나는 줄곧, 계속해서 가고 있지.

마운트홀리오크 여학교

(1847년 11월 6일, 사우스해들리에서)

나의 사랑하는 어바이아에게,

나는 정말이지 마운트홀리오크 여학교[6]에 와 있어. 이곳
은 앞으로 긴 1년의 시간 동안 내 집이 될 거야. 네 사랑스러운
편지를 기쁘게 받았단다. 네 편지가 나를 행복하게 했던 만큼
내 편지도 널 행복하게 만들어 주었으면. 집을 떠나온 지 거의
6주가 되었는데 이렇게 집에서 오래 떨어져 있는 건 처음이야.
처음 며칠은 향수병이 너무 심해서 이곳에 살 수 없을 것 같았
어. 하지만 지금은 만족한 상태이고, 꽤 행복해. 사랑하는 집과

---

6   디킨슨은 애머스트 아카데미 졸업 후 엄격한 신학적 전통을 자랑하는 마운트홀리
     오크 여학교(Mount Holyoke Seminary)에 다니게 된다. 1847년, 17세의 어린
     나이에 마운트홀리오크에 입학한 디킨슨은 3년의 교육 과정을 채우지 못하고 이듬
     해인 1948년 학교를 중퇴한다.

친구들로부터 떠나서 행복할 수 있을는지 몰라도. 내가 집을 떠나서는 행복할 수 없다고 말하면 너는 웃을 테지. 하지만 기억해 주렴. 내게는 너무나도 사랑스러운 집이 있고, 이번이 내 인생 여행에서 경험할 다양한 이별 중에서 가장 처음 겪는 시련이라는 걸.

네가 간절히 원한다고 하니, 부모님 품을 처음으로 떠나온 후 나 자신에 대한 이야기를 자세히 들려줄게. 돌아오는 목요일이면 사우스해들리에 온 지 6주가 돼. 긴 여정에 많이 지쳤고, 게다가 심각한 감기 증상도 있어서 시험을 치르지 못하고 있다가 그다음 날에서야 시작했어.

사흘 만에 시험을 마쳤는데, 내가 예상했던 수준이었어. 그런데 나이가 더 많은 학생들은 시험이 그 어느 때보다 깐깐했다고 하더라. 너도 쉽게 상상할 수 있겠지만 난 낙제하지 않고 시험을 잘 끝마쳐서 너무나 기뻤고, 그래서 이제는 결코 집을 그리워하지 말아야 한다는 결론을 내렸어. 하지만 그 결심이 오히려 날 향수병에 걸린 별난 아이가 되게 해 버렸지. 지금은 꽤 만족스럽고, 2학년 반으로 올라가고 싶어서 1학년 수업 내용을 복습하느라 바쁜 시간을 보내고 있어.

학교는 엄청 큰 편이야. 비록 예상보다 시험이 더 어렵다는 걸 깨달은 많은 학생들이 학교를 떠나야 했지만, 여전히 300명 가까이 남아 있단다. 아마 너도 라이언 선생님이 올해

지원자 수 때문에 성적 기준을 상당히 높였다는 걸 알고 있겠지. 그래서 시험도 평소보다 더 어려웠고.

시험이 얼마나 괴로운지 넌 상상도 못 할걸. 정해진 시간 내에 문제를 다 풀지 못하면 우리는 집에 가야 하거든. 내가 그렇게 빨리 모든 문제를 풀 수 있었다는 사실이 얼마나 감사한지. 이제는 세상의 어떤 금은보화를 준대도 그 사흘 동안 겪었던 긴장감을 다시는 겪고 싶지 않을 정도란다.

나는 3학년인 사촌 언니 에밀리와 함께 방을 쓰고 있어. 에밀리 언니는 훌륭한 룸메이트고, 나를 즐겁게 해 주려고 최선의 노력을 다하고 있지. 너도 학교 때문에 집에서 떨어져 있던 적이 많으니 좋은 룸메이트가 있다는 게 얼마나 행복한 일인지 상상할 수 있을 거야. 이곳의 모든 것들이 즐겁고, 행복해. 집에서 떨어진 다른 어떤 학교에서도 이만큼 행복할 수 없을 것 같다는 생각이 들어. 여기는 내가 예상했던 것보다 더 집처럼 편안하게 느껴지고, 선생님들 모두 친절하시고 우리에게 애정을 주셔. 우리를 자주 찾아 주시고, 우리에게도 자주 들르라고 하시는데, 우리가 찾아갈 때마다 항상 다정하게 맞아 주신단다.

내 하루 일과를 들려줄게. 너도 친절하게 네 일과를 알려 주었으니까. 우리는 6시에 기상해서 7시에 아침을 먹어. 수업은 8시에 시작해. 9시가 되면 수도원 강당에 모여 예배를 드

메리라이언홀, 마운트홀리오크 여학교(1908년경)

려. 10시 15분쯤, 고대사를 암기하고 관련해서 골드스미스와 그림쇼의 책[7]도 함께 읽어. 11시에는 포프의 『인간론(An Essay on Man)』[8]에서 배운 것들을 암기하는데, 그저 분위기 전환용이야. 12시에는 맨손 체조를 하고, 12시 15분에는 책을 읽다가 12시 30분에 식사를 하고, 1시 30분부터 2시까지는 강당에서 노래를 불러. 2시 45분부터 3시 45분까지는 피아노를 연습한단다. 3시 45분부터는 구역 모임에 가서 각자 그날 하루에 대한 이야기를 나눠. 결석, 지각, 연락, 묵언 공부 시간 위반, 기숙사 방에 친구를 초대하는 일, 그 외 오만 가지의 것들에 관한 이야기들인데, 그것들을 일일이 설명하느라 굳이 시간이나 공간을 낭비하지 않을래. 4시 30분이 되면 우리는 수도원 강당에 모여서 라이언 선생님의 훈화를 들어. 6시에는 저녁을 먹고, 8시 45분에 취침 종이 울릴 때까지 묵언 공부 시간을 가져. 가끔은 9시 45분까지 종이 안 울리는 날도 있어서, 우리가 최초 취침 명령을 어기게 되는 경우가 종종 있어.

내가 위에 말한 것들을 이행하지 못하는 충분히 합리적인 이유가 있지 않은 이상은, 모든 것들이 기록에 남고 우리 이름

---

7 올리버 골드스미스(Oliver Goldsmith)와 윌리엄 그림쇼(William Grimshaw)가 1835년 공동으로 출간한 『로마의 역사(History of Rome)』로 당시 교과서로 자주 사용되었다.
8 영국 신고전주의 시인인 알렉산더 포프(Alexander Pope)의 저서(1733).

에 벌점이 매겨져. 너도 쉽게 짐작하겠지만, '열외'를 받는 건 별로 달갑지 않은 일이야. 그게 여기서는 학문적인 의미로 쓰이거든. 교내 노동은 어렵지 않아. 아침과 점심에는 첫 열의 식탁에서 나이프를 가져다 놓는 것이 전부이고, 저녁에는 그만큼의 나이프들을 설거지해서 수건으로 닦아 놓는 일이 전부야. 나는 꽤 잘 지내고 있고, 아프지 않고 남은 한 해를 이곳에서 보내고 싶어. 여기 음식에 대해서는 너도 많은 후기를 들어봤을 거야. 그런데 내가 말할 수 있는 건, 내가 소문으로 예상했던 수준의 음식은 아직 한 번도 먹어 보지 못했다는 거야. 건강에 좋은 음식들이 풍족하게 나오는데, 300명의 소녀들을 위해 준비되는 음식이라기엔 너무나도 훌륭해. 식탁에는 매우 다양한 음식들이 차려지고, 메뉴도 자주 바뀌어.

한 가지 분명한 사실은, 라이언 선생님과 다른 선생님들도 모든 일들에서 우리의 위안과 행복을 먼저 신경 쓰신다는 거야. 너도 알다시피 그건 좋은 일이지. 집을 떠날 때만 해도 이 많은 학생들 중에서 동료나 아끼는 친구를 꼭 찾아야 한다고는 생각지 않았어. 나는 거칠고 교양 없는 행동들을 보게 되리라 예상했고, 물론 일부 그런 기미들도 있기는 하지만, 전반적으로는 편안함과 품위, 그리고 서로를 행복하게 해 주려 하는 분위기가 있어. 기쁜 일이지. 동시에 놀랍기도 해. 여기에는 애비나 어바이아나 메리가 없거든. 하지만 맘에 드는 친구들이 많이 있어. 이곳에 온 지 2주 정도 되었을 때 오스틴 오빠가 비니, 애비와 함께 이곳에 나를 보러 왔어. 그들을 볼 수 있어서, 그리고 그들이 "너무 외로웠다."라고 말하는 것을 듣게 되어서 내가 얼마나 기뻤는지는 너도 짐작이 되겠지. 사람들이 나를 그리워했다는 것, 그리고 집에서 나의 존재가 소중하게 기억된다는 건 행복한 기분이 들게 해.

지난 수요일에는 창가에 앉아 우연히 호텔 쪽을 바라보는데, 아버지와 어머니가 이쪽으로 굉장히 위엄 있게 걸어오시는 거야. 나는 춤을 추고 박수를 치다가, 부모님을 만나러 날 듯이 뛰어갔는데 그때의 기분은 말 안 해도 될 테지. 그 대신 네가 얼마나 네 부모님을 사랑하는지만 물어볼게. 부모님은 나를 놀라게 해 주고 싶어서 여기에 오는 걸 미리 말씀하지 않으셨대. 부모님을 떠나보내는 건 견디기 힘든 일이었지만, 그래도 부모님은 가셔야만 했기에 나도 슬픔 속에 항복했어. 어바이아, 생각해 봐. 이제 2주 반 정도만 지나면 나는 내 사랑하는 집에 가 있을 거야. 너도 추수감사절에는 집에 갈 테고, 그럼 우리는 같이 행복을 즐길 수 있단다.

네가 대니얼 웹스터[9] 씨를 소개받은 일을 묘사한 부분에서 내가 얼마나 웃었는지 몰라. 네 편지 내용을 에밀리 언니한

---

9   매사추세츠주의 상원의원과 미국 국무부 장관을 역임했다.

테도 읽어 줬다니까. 너는 그렇게 맺게 된 관계가 꽤 자랑스러울 것 같아. 나는 결과적으로 그것이 헛된 인연이 되지 않기를 소망해. 그런데 너는 브리그스 주지사님[10]을 모르고, 나는 아니까, 네가 나보다 더 잘나간다고 말할 수는 없어. 나는 애비의 소식을 자주 듣는데, 여기서 그 아이의 편지를 받는 일은 정말 큰 즐거움이야. 어젯밤에는 애비로부터 아주 길고 소중한 편지를 받았는데, 너에게서 편지 받은 이야기를 하더라. 너도 O. 콜먼[11]의 사망 소식을 들었겠지. 얼마나 울적한지! 일라이자도 그 죽음에 대해 나에게 긴 편지를 써서 보냈어. 아름답고 슬픈 내용인데, 우리가 다시 만나게 되면 보여 줄게.

어바이아, 나에게 편지를 자주 써 줘. 나도 시간이 날 때마다 네게 자주 편지를 쓸게. 하지만 나도 집을 떠나 있기 때문에 써야 할 편지가 많다는 걸 알아줘. 에밀리 언니가 "어바이아에게 내 안부를 전해 줘."라고 말하네.

너의 사랑하는
에밀리

10   조지 N. 브리그스는 매사추세츠의 19대 주지사(1844~1851년)로 재직했다. 시인의 아버지 에드워드 디킨슨(Edward Dickinson)이 1846년부터 2년간 브리그스 내각의 일원으로 근무했으며, 주지사 내외가 디킨슨 가족의 집을 방문한 적도 있다.

11   디킨슨의 친한 친구 일라이자의 언니이자 애머스트 아카데미 교장의 딸.

이 위대한 절망의 굴레

(1850년 5월 7일과 17일)

기억되는 이에게,

너에게 편지를 쓰는 오늘 아침의 상황은 영광스럽고, 고통스러우면서도, 유익해 — 결과는 영광스럽고, 과정은 고통스럽고, 어쨌든 내가 믿기에 이 두 가지 모두 유익하지. 빵 두 덩이가 나의 비호 아래 이 세상에 탄생했단다 — 멋진 아이들이야 — 제 어머니의 형상을 닮았어 — 그리고 여기에 사랑스런 내 벗인 영광이 있어.

거실에는 아픈 나의 어머니가 누워 잠들어 계셔. 급성 신경통으로 심각하게 아파하시는 중이야 — 친절한 잠이 찾아와 어머니를 달래 주는 지금과 같은 순간을 빼고는. 여기에 고통이 있어.

유익함을 이끌어 낼 필요는 없을 것 같아 — 내가 스스로 찾아낸 이득이라면, 인내의 정신이 더 우세할수록 가사 노동의 영향이 더 상냥하게 내 마음과 영혼에 스며든다는 거야. 너는 내가 말하려는 이 모든 걸 이해하고 있겠지. 실제로는 생각에 불과했던 것들이 마치 글로 쓰인 것 같다고 생각할 수도 있어.

일요일에 어머니의 상태가 안 좋아졌어. 그 전까지는 완벽히 괜찮으셨거든. 어떤 경솔함이 이러한 병을 일으킨 건지 떠오르지 않아. 어머니는 필요한 모든 치료를 받으셨고, 점점 병을 이겨 내고 계시는 걸로 보이지만, 여전히 고통스러워하시기는 마찬가지야. 나는 항상 요리를 등한시해 왔는데, 지금은 필요에 의해, 그리고 아버지와 오스틴 오빠를 위해서 모든 것들을 쾌적하게 만들고 싶은 욕망으로 인해 요리에 관심을 기울이게 되었단다. 아픔은 쓸쓸한 느낌을 주잖아. 게다가 "날은 어둡고, 음울하니."[12]

그래도 어머니 건강이 회복될 거라 믿어. 명랑한 기분과 얼굴의 미소도. 집에서 앓은 사람이 거의 없었기 때문에 우리는 이런 일이 생겼을 때 어떻게 대처해야 하는지 잘 몰라. 눈썹을 찌푸리고, 발을 동동 구르면서, 우리의 작은 영혼은 성을 내며 그것에게 사라지라고 명할 뿐이지. 브라운 여사[13]는 그

12 헨리 워즈워스 롱펠로(Henry Wadsworth Longfellow)의 시 「비 오는 날(The Rainy Day)」의 한 구절.
13 1850년 2월 디킨슨 자매는 아버지와 함께 워싱턴에 있는 호텔에 머물며 앨라배마

걸 기꺼이 반길 것 같아. 나이 든 여자들은 죽는 것을 기대하잖아. 젊고, 활동적이고, "갈등을 향한" 욕망으로 가득한 우리는 "삶의 행진에 지쳐져, 길가에서 소멸하길" 기대하는데.[14] 아니—아니요, 나의 친애하는 "죽음의 아버지시여", 제발 우리를 방해하지 마세요. 당신이 필요해지면 우리가 부를게요. 안녕하세요, 선생님, 아, 안녕하시죠!

주방에 할 일이 없을 때면 난 어머니 곁에 앉아서 어머니에게 필요한 사소한 것들을 챙겨 드려—그리고 응원을 하면서 용기를 북돋워 드리려고 노력해. 지금 내가 무엇이든 보탬이 될 수 있다는 사실을 반갑게 여기고 감사해 하는 게 맞겠지. 그런데 사실 나는 너무나 외로워서, 어머니가 빨리 낫기만을 간절히 바라고 있어.

딱 한 번 투덜댄 적이 있는데, 너는 아마 그 이유를 알 거야. 낮에 우리 집 주방에 딸려 있는 그 '작은 부엌'에서 설거지를 하고 있는데, 익숙한 쿵쿵 소리가 들렸어. 글쎄 내가 너무나도 사랑하는 친구가 찾아와서 숲속에서, 그 상쾌하고 조용한 숲속에서, 같이 말을 타자고 하는 거야. 나는 무척이나 그렇게 하고 싶었지만—그럴 수 없다고 대답했고, 그 애는 실망스럽

의 하원의원 제임스 브라운의 아내를 만나 가까워진다. 브라운 부인은 이후 자매에게 엘리자베스 펠프스(Elizabeth Stuart Phelps)의 책을 선물한다.

14　롱펠로의 시 「천사들의 발걸음(Footsteps of Angels)」의 일부.

다고 말했어 — 그 애에게는 내가 너무나 필요했는데 — 그러고 나서 내 눈에서 눈물이 쏟아져 나왔어. 참아 보려고 했는데도. 그 애는 내가 갈 수 있다고, 또 그래야만 한다고 말했는데, 그게 내게는 부당하게 들렸어. 아, 나는 너무나 강한 유혹과 싸워야 했단다. 거기에는 엄청난 자기 절제가 필요했지만, 난 결국 이겨 낸 것 같았어.

그런데 영광스러운 승리는 아니었단다, 어바이아. 둥둥거리는 북소리가 들리지만, 무력한 승리, 그냥 힘 안 들이고 주어진 승리였어. 희미한 음악 소리, 지친 병사들, 휘날리는 깃발도, 길고 크게 울리는 함성도 없는. 예수님이 겪은 유혹에 대해서도 들은 적이 있는데, 우리가 겪는 유혹과 얼마나 비슷한 것이었을까. 비록 그분은 죄를 저지르지 않았지만 말이야. 나는 그게 내가 겪은 것과 같은 건지 궁금해졌어. 또 그게 그분을 화나게 만들었는지도 — 나는 굳은 결단을 내릴 수 없었어. 그분도 그러셨을 거라고 생각하니?

나는 힘을 내서 하던 일을 마치고, 어머니가 잠드실 때까지 콧노래를 작게 불러 드렸어. 그러고는 온 힘을 다해 울었단다. 내가 학대받고 있다고, 이 사악한 세상은 그러한 헌신적이고 끔찍한 고통의 가치가 없다고 생각했던 것 같아. 그러고는 삶과 시간에 대한 엄청난 분노, 고통을 향한 사랑, 비통함 속에서 정신이 번쩍 들었어.

사랑하는 친구야, 우리는 무엇을 해야 할까, 이 시련이 점점 더 커지면, 흐릿한 단 하나의 빛이 꺼지면, 그리고 어두워져서, 너무나 어두워져서, 우리가 어디로 가야 할지 모른 채 헤매다가, 그 숲에서 벗어날 수 없게 된다면 — 누구의 손이 우리를 도와주고, 이끌고, 영원히 우리를 안내해 줄까? 사람들은 그가 '나사렛 예수'라고 말하는데, 정말 그분이 맞다고 나에게 말해 주겠니?

너도 애비의 소식을 들었을 거야. 지금 그 아이가 무엇을 믿는지도 — 애비는 사랑스러운 소녀 기독교인이 되었어. 신앙이 그 아이의 얼굴을 바꾸어 놓았단다. 뭔가 더 차분해졌지만 광채로 가득한, 성스러우면서도 여전히 환희에 찬 그런 느낌으로. 애비는 꽤 편하게 자기 이야기를 하는데 주님을 엄청나게 사랑하나 봐. 자신이 이제껏 살아온 삶에 대해 더욱 경이롭고 신기하게 여기는 것 같아. 모든 게 암담하고 멀게만 보여. 그래도 하나님과 천국은 가까이 있지. 그 아이는 정말 많이 변했어.

애비가 여기에서 있었던 일들도 분명 네게 전해 줬겠지. '세미한 소리'[15]가 어떻게 부르고 있는지, 사람들이 어떻게 그

---

15 「열왕기상」 19장 11~12절. "그 바람이 지나가고 난 뒤에 지진이 일었지만 그 지진 속에도 주님께서 계시지 않았다. 지진이 지나가고 난 뒤에 불이 났지만 그 불 속에도 주님께서 계시지 않았다. 그 불이 난 뒤에, 조용하고 세미한 소리가 들렸다." 신

걸 듣고, 믿고, 진심으로 따르고 있는지도 ─ 그 장소가 얼마
나 엄숙하고 성스러운지, 그리고 악한 자들은 조용히 물러나
슬픔에 젖어 있다는 것도 ─ 자신들의 사악한 삶에 대해서가
아니라 ─ 이 이상한 시대, 엄청난 변화에 대해서 말이야.[16] 나
는 아직 배회하는 악한 자들 중 한 명이야. 그래서 나도 조용히
물러나서 잠시 멈추고, 곰곰이 생각해 보고 또 생각하다가, 또
잠시 멈추고, 이유도 모른 채 할 일을 하지 ─ 분명 이 덧없는
세계를 위해서 하는 일은 아니야. 그렇다고 천국을 위해서는
더욱 아니지 ─ 그리고 물어봐. 사람들이 너무나도 간절하게
요청하는 이 메시지가 무엇을 의미하는지. 너는 그 깊이와 충
만함을 알고 있을 테니, 나에게도 알려 주도록 노력해 주겠니?

사랑하는 어바이아, 오늘은 금요일이야. 또 한 주가 지나
도 나의 임무는 아직 완성되지 않았어 ─ 그리고 슬프게도 너
는 등한시했지. 이유는 모르겠어. 너는 내가 어디로 빗나갔다
고 생각하니? 그리고 어떤 새로운 헛고생을 하고 돌아온 것 같
아? 나는 "두루 돌아 여기저기 걸어 다니다"[17] 돌아왔단다. 하
나님이 사탄에게 어디를 다녀왔냐고 물어봤을 때 그가 다녀왔
다고 한 곳과 같은 장소를. 하지만 그것에 대해 자세히 얘기하

의 계시는 진심으로 집중해야 들린다는 의미다.

16   당시 뉴잉글랜드 지방에서 일어난 거대한 종교적 부흥을 암시한다.

17   「욥기」 1장 7절.

는 대신, 나는 그냥 꿈을 꾸었다고 할래. 황금 같은 꿈을. 내내 눈이 휘둥그레져 있었어. 아마도 아침 녘이었던 것 같은데, 나는 일을 하고 있었어. '썩을 양식'[18]을 준비하면서, 소심한 먼지들을 쫓아내면서, 그리고 순종적이고 친절하게 굴면서. 나는 그림자들이 써넣는 책들에서 그걸 친절한 순종이라고 불러. 다르게 불릴 수도 있겠지. 나는 여전히 왕궁의 여왕이야. 여왕의 가운은 먼지와 흙으로 덮여 있지. 여왕에게는 세 명의 충실한 신하들이 있지만, 그들에게 일을 시키고 싶어 하지는 않아.

어머니는 여전히 병약한 상태야. 비록 약간은 회복했지만—아버지와 오스틴 오빠는 여전히 시끄럽게 식사를 요구하고, 나는 마치 순교자처럼 그들에게 양식을 제공하지. 이 위대한 절망의 굴레 속에 갇힌 내 모습을 보고 싶지 않니? 나의 주방을 둘러보면서, 친절한 구원을 위해 기도하는, "오마르의 수염"을 걸고 단 한 번도 이런 역경을 경험한 적 없었다고 선언하는 내 모습을. 내가 나의 주방이라고 말해 버렸구나. 그게 내 것이었던 적도, 혹은 내 것이 될 일도 제발 없기를—신이시여 사람들이 살림이라고 부르는 것으로부터 저를 지켜 주세요, '믿음'이라는 그 희망적인 것만 빼고!

나의 이런 저주에 놀라지 않았으면 좋겠어. 누구에게도

---

18 「요한복음」 6장 27절. 예수님이 육신의 필요를 '썩을 양식'에 비유하고 하나님의 말씀을 영생에 이르는 영의 양식에 비유했다.

피해를 끼친 적은 없으니까. 그리고 이것들은 그저 내 기분을 후련하게, 그리고 훨씬 더 편안하게 해 줄 뿐이니까!

어바이아, 너는 지금 어디에 있니. 너의 생각과 갈망은 어디를 향해 있니. 너의 풋풋한 애정은 어디에 있니, 구두나 구레나룻에 대한 애정 말고. 배은망덕한 나에 대한 애정도 있니, 혹시, 고개를 숙이고 시들어 가는 애정이라도. 너는 네 어머니를 사랑하고, 이방인과 방랑자를 사랑하고, 가난한 자들과 고통받는 자들을 찾아가고, 축복으로 가득한 들판을 수확하고 있다고 짐작하고 있을게. 나를 위해 조그만 다발 하나만 챙겨 줘ㅡ그냥 아주 작은 걸로 딱 하나만! 기억해 줘, 그리고 가끔씩 나에게 신경 써 줘. 나에게 편지를 써 줌으로써, 나를 잊지 않음으로써, 하나님이 나에게 한 번 더 축복을 내릴 수 있도록 기도할 때 길게 머물러 줌으로써, 나의 척박한 황야 같은 삶에 향기 가득한 꽃들을 뿌려 줘!

너의 사랑하는 친구
에밀리

조그만 스승들

(1851년 8월 19일)

"조금 있으면 내가 너와 함께 있겠고, 또 조금 있으면 내가 너와 함께 있지 않으리." 왜냐하면 네가 네 어머니께 돌아가니까! 네 어머니가 나한테 "조금 있으면 네가 나를 보겠고 또 조금 있으면 나를 보지 않게 되리라. 그리고 나 있는 곳에, 너희도 있게 하리라."라고 말씀하시지 않았니? 그런데 핵심은 바로 이 구절에 있는 것 같아. "내가 가면, 나는 다시 오리니, 나 있는 곳에 너희도 함께 하리라."[19] 이 말인즉슨, 네가 11월에 돌아오면 너는 내 것이 될 거고 나도 네 것이 될 것이고 그렇게 "반대로도 마찬가지인" 상황이 "무한대"로 반복될 일이 엄청나게 먼 훗날의 일이 아니라는 거야! 사랑하는 친구야, 생각해 보니, 이미 우리 둘 다 잘 알고 있는 건데, 너는 내가 아는 사람

---

19   이상은 「요한복음」 16장 16~19절, 14장 3절을 변용한 것.

중에서 가장 재미있게 우리 마을을 찾아오고, 가장 애통하게 다시 우리 마을을 떠나는 사람이라고 해야겠어.

이건 정말로 나에게 중대한 문제가 되었어. 여자 친구들과 관련한 너의 그러한 성향 말이야—"아침 구름이나 새벽 이슬"[20]도 너보다 쉬이 사라져 버리지는 않을 텐데.

아마 화요일 저녁이었던 것 같아. 우리가 서너 명의 젊은 신사분들의 연설 솜씨에 즐거워했던 때가—나는 네 옆에 앉아서 그 행사와 우리의 좌석 위치에 매우 만족감을 느끼고 있었던 기억이 나—게다가 우리가 길게 작별 인사를 나누면서 다시 만나기를, 우리의 삶과 진심을 담은 이야기를 서로에게 들려주기를, 그렇게 오래 멀리 떨어져도 꼭 다시 서로를 찾아오기를 약속했던 것도 말이야—어바이아, 나는 이것들이 추억이 되어 버렸다는 걸, 우리의 행복한 오늘이 과거라는 거대한 행렬에 섞여 죽음을 향해 행진하고 있다는 게 거의 실감이 나지 않아—네가 내 방 창가에 앉아 노래를 불러 준 적이 있었다는 사실로 나 자신을 만족시키기에는 나의 새가 너무나 빨리 날아가 버렸어!

너를 마지막으로 만나고 나서는 집 밖에 딱 한 번밖에 나가지 않았어—비처[21] 씨의 강연이 있던 그날, 나는 부질없이

---

20 「호세아」 6장 4절.
21 『톰 아저씨의 오두막(Uncle Tom's Cabin)』의 작가 해리엇 비처 스토(Harriet

너를 찾느라 애썼단다 — 너의 외사촌들을 발견하기는 했는데, 네가 만약 그곳에 정말 있었다면 내 맨눈으로는 알아챌 수 없는 형태였겠지. 어바이아, 나는 실망감을 느꼈어 — 네가 잠깐이라도 들러 주기를 너무나도 바랐는데 — 언제 우리가 다시 한자리에 모여 우리가 누구였고, 누구이고, 또 누구가 될지에 대해 얘기를 나누게 될 수 있을까 — 닫힌 덧창 사이로 훈훈한 산들바람이 살며시 불어올 그때가? 나는 이러한 환상에 빠지는 게 좋지만, 그것들이 더 이상 환상으로 느껴지지 않는 때가 온다면 더욱 좋을 것 같아 — 나는 너무 자주 이런 환상을 갖고, 집에 와서는 그게 겨우 환상에 불과했다는 것을 너무 자주 깨닫지. 그래서 내가 간절히 원하는 것을 소망하는 것이 약간은 두려워.

사랑하는 어바이아, 이 세계를 가득 채우는 그 모든 순간들 중에서 일부는 우리가 사랑하는 이들과 함께 보낼 수 있도록 주어지는 것 같아 — 보통의 시간들보다 더 순수하고 진실된 — 별도의 시간이, 우리가 인생의 여정을 계속 이어 나가기 전에 잠깐 멈춰 가는 그런 시간들이. 얼마 전 아침에 우리는 대화를 하며 유쾌한 시간을 함께 보냈지 — 그 순간이 온전히 내게 주어진 몫이었다는 것을 알았더라면, 그 시간을 더 잘 보내

Beecher Stowe)의 남동생 헨리 워드 비처. 당대 유명한 목사이자 연설가였으며, 온건적 노예제 폐지를 주장했다.

려 노력했을 텐데—하지만 그렇게 노력해 볼 수 있는 순간이 두 번 다시 돌아오지는 않겠지. 가끔은 이렇게 짧은 불완전한 만남들로 인해 할 이야기가 많다고 생각되지 않니—거기에 동반되는 슬픔이 없었더라면, 우리는 덧없음이나 변화에 대해 깨닫지 못하겠지—그리고 지상 세계를 향해 하늘에 영토를 둔 집을 짓겠지—아마도 여기서 보물로 여겨지는 건 그쪽에서는 훨씬 더 소중한 보물이 될 거야—"좀먹지 않고 도둑이 뚫고 훔쳐 갈 수도 없는"[22] 보물—이렇게 말하니 얼마 전에 내 물건들 속에서 작은 나방을 발견했던 일이 떠올랐어—아주 작은 좀나방이었는데, 나는 도대체 이해할 수 없는 방식으로 내가 제일 좋아하는 양털 바구니에 용케 숨어 있었어—내 작은 보물 창고가 도대체 얼마나 오랫동안 그 나방의 파괴적인 노동을 위한 공간을 제공해 온 건지, 나는 도통 알 수가 없었단다—나방도 자기의 볼일이 있었겠지—아마 자기의 임무를 다 수행했으리라 믿어.

사랑하는 어바이아, 그것은 나에게 이 세상에서는 보물을 간직하지 말라는 교훈을 주었단다. 아니면 그 작은 나방이 저만의 방식으로 다른 영원히 지속되는 보물에 대해 알려 주려고 한 것일 수도 있어. 도둑이 훔쳐 갈 수도, 시간이 소모해 버

22 「마태복음」 6장 19절.

릴 수도 없는 그런 것 말이야. 이런 조그만 스승들의 입술에서 얼마나 많은 배움을 얻을 수 있을까─이런 성경 구절이 떠오르지 않니─"능한 자가 많지 아니하며─지혜 있는 자가 많지 않으니."[23]

우리가 헤어지고 나서 너는 우리 사랑하는 친구 세라 트레이시를 만났다고 했지─그 아이의 귀여운 얼굴은 우리가 함께 학교 다니던 행복했던 시절과 다름이 없더구나─나는 많은 걱정들이 가져다줬을 주름을 헛되이 찾고 있었다니까─우리는 모두 세라를 너무나도 사랑하니, 그 아이가 와 있는 동안 온 맘을 다해 행복하게 해 줘야만 해. 여러 해가 지났는데도 세라는 거의 변하지 않았다는 사실이 너무나 놀랍지 않니─세라가 그대로 머물러 있었다는 뜻이 아니라, 평화롭게 진보해 왔다는 사실이─그 아이의 생각은 성숙해졌지만 어린 시절의 매력은 그대로였어─그 생기와 천진난만함, 차분함도 잃지 않았어. 그 아이는 마음이 너무나도 순수하고─명랑하고, 평화로워서, 마치 날아오르며 노래를 부르는 귀여운 종달새나 개똥지빠귀 같아 보였어─세라를 자주 보지는 못했어─더 자주 보고 싶은데─세라는 너에 대한 이야기를 자주 한단다.

23 「고린도전서」1장 26절.

따뜻한 애정을 담아 ─ 어떠한 변화나 시간도 우리의 사랑을 망쳐 놓지 않기를, 그래서 영광스러운 천국에 있는 나의 집으로 돌아갈 때 품에 한가득 안고 갈 수 있기를 소망해. 그리고 이렇게 말할 거야. "아버지, 제가 여기에 왔습니다. 아버지가 제게 주신 것들과 함께." 만약 앞으로 다가올 삶이 여기에서 머무는 것보다 더 낫다면, 그리고 그곳에 천사들이 있고, 우리의 친구들이 은혜를 입고 노래를 부르며 그곳을 찬미하고 있다면, 우리 천국에 가는 걸 두려워할 필요가 있을까 ─ 저 너머의 영혼들이 우리를 기다리고 있는 그 순간이 되면 ─ 나는 너를 더 자주 만나 그런 것들에 대한 이야기를 나누려고 했는데 ─ 네 견해와 너의 영원한 감정들 같은 걸 알고 싶어 ─ 저 너머의 세계가 네게 어떤 의미인지 ─ 아, 사랑하는 이를 만나면 할 말이 얼마나 많은지. 난 항상 하고 싶은 말을 다 하지 못한 것 같은 느낌이 들고, 또 말한 것들을 말하지 않은 채로 남겨 두었어야 했다는 후회도 항상 들어.

　　항상 그러한 것일까, 어바이아 ─ 우리의 사랑하는 정신이 교감할 수 있는 날은 더 이상 주어지지 않을까? ─ 글로 쓰는 건 너무 짧고 찰나같이 지나가 버려 ─ 대화할 시간은 다시 돌아오겠지. 만약 그렇다면 그건 지금 서둘러서 다가오는 중일 거야 ─ 지상에서의 삶은 짧아, 어바이아, 하지만 낙원은 오래 지속되니까 영원한 하루 속에 수많은 순간들이 존재할 거야—그러면 세월이 계속 흘러가도, 우리가 늑장을 부릴 수 있는 날이 언젠가 올 거야. 그때까지 안녕!

너만의 소중한

에밀리

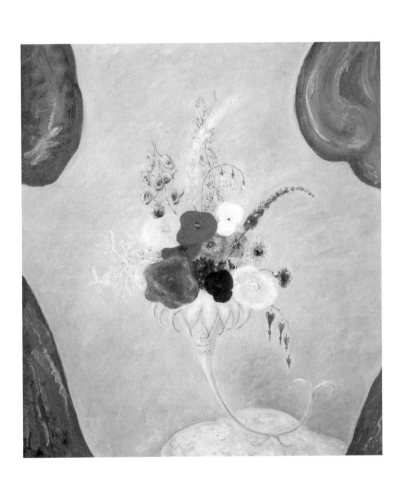

하지만 나는 집을 떠나지 않아
(1854년 7월 25일경)

나의 귀여운 아이에게,

오래전에 보내 준 애정 어린 편지 고마워. 너를 보러 오라고 초대해 준 것도, 예전이나 지금이나 나를 사랑해 주는 것도, 그리고 항상 다정하고, 관대하고, 상냥하게 나를—너의 괴짜 구닥다리 친구를—기억해 주는 것까지도.

네게 더 빨리 답장을 쓰고 싶었고, 여러 번 그러기를 시도했지만, 지금까지는 모두 허사였어. 내가 편지를 쓰는 오늘 밤, 서두르는 마음과 고요한 무언가가 나를 또 지체시킬 것 같은 두려움이 함께하고 있단다. 내 사랑하는 친구 어바이아, 이번 여름은 따스했어. 우리는 가정부를 두고 있지 않은데, 이 기분 좋은 계절에는 많은 방문객이 우리를 찾아 주지—내 우유부단한 몸은 때로는 그들을 맞이하기를 거부하는데, 그 몸에

깃든 세입자는 화가 나도 그저 침묵하는 것밖에는 도리가 없어——이 모든 것들을 너도 잘 알고 있을 거야. 내가 여러 번 말했으니. 하지만 또 내가 다시 말하는 건, 내가 너를 진심으로 사랑하는 일에 결코 게으른 적이 없었다는 사실을 너에게 납득시킬 수 있지 않을까 해서야.

우리가 사랑하는 친구 수지도 몇 주 동안이나 심하게 아팠단다. 나는 가능한 한 많은 시간을 수지에게 바치려 노력했고, 그래서 내 "한 뼘 남짓한 시간"[24]이 더욱 짧아졌어. 수지는 이제 괜찮아졌지만, 지난 몇 주간 심인성 발열에 시달렸던지라 기력을 모두 빼앗겨 버렸어. 유능한 간호사와 믿음직한 의사 선생님이 계셨고, 수지의 언니도 지치지 않고 돌봐 주었고, 무엇보다도 자애롭고 친절한 하나님이 그분들의 노력에 보상을 해 준 덕분에 가여운 수지는 이제 일어나 조금씩 걸어 다니기 시작했어——토요일에는 자기가 만든 정원까지 걸어 나가 꽃을 몇 송이 꺾어 왔어. 내가 수지를 찾아 보니, 세상에, 찬란한 꽃다발이 벽난로 위에 놓여 있었고, 수지는 꽃꽂이를 하느라 지친 나머지 안락의자에 기대 있었어——내 이야기가 너무 길었지. 하지만 너도 수지를 사랑한다는 걸 안단다——어바이아, 나는 수지의 인생과 관련된 눈부신 행운만큼이나 이런 불

---

24 아이작 와츠(Isaac Watts)가 「시편」 39편을 바탕으로 쓴 찬송 시의 일부.

행한 사건들에 대해서도 네가 궁금해하리라 생각했어.

네 편지가 도착한 것이 지난 6월이었던 것 같아. 그래서 나는 네 친구를 방문할 수 있는 기회를 놓치지 않았지. 해 질 무렵에 나갔는데, 토요일 저녁이었어. 어바이아, 심지어 그 순간에도 염려가 나를 좇아왔어—그녀가 내게 해 준 말들은 너무나 사랑스러웠어. 나는 그녀의 얼굴에 반해 버렸지. 비록 온화한 황혼이 커튼을 치게 해서 그녀의 얼굴을 분명히 보지는 못했지만. 우리는 주로 너에 대한 이야기를 했단다—우리가 사랑하는 주제였으니까. 그렇지 않았다면 다른 어떤 이야기들보다도 먼저 너에 대한 이야기를 꺼냈을 리 없었겠지. 나는 그녀를 한 번 더 만나고 싶어—그리고 더 길게 보고 싶어.

너를 위해서라도, 그녀에게 내 안부를 전해 줘. 너를 만나러 와 달라는 너의 요청—그것에 대한 대답을 해야겠지. 어바이아, 우선 고마워. 하지만 나는 집을 잘 떠나지 않아. 위급한 상황이 직접 내 손을 끌고 나서지 않는 한은. 그나마도 완고하게 버티거나, 가능하다면 도망치기도 한단다. 집을 떠나게 되는 일이 생긴다면, 그럴 리는 없겠지만, 나는 기쁘게 너의 초대를 받아들일게. 그 전까지는, 어바이아, 너에게 따뜻한 감사의 마음만을 전할 테니, 내가 만나러 갈 거라 기대하지 말아줘. 사랑하는 친구야, 내가 너무 구식이라 네 친구들이 빤히 쳐다볼지도 몰라. 내 반짇고리와 큰 안경도 함께 챙겨 가야 할 거고, 내 손자 같은 바늘꽂이와 야옹이도 까먹을 뻔했네. 어바이아, 왜 그렇게 심각하게 받아들이는 거니 ─ 집을 떠나는 게 내 의무라고 생각해? 나에게 다시 편지를 써 주겠니? 어머니와 비니도 안부를 전해 달라고 하네. 내 키스도 여기 함께 보낼게 ─

좋은 밤 되길,
에밀리로부터 ─

2부
수전 길버트에게

사랑하는 이들은―죽을 수 없어―
사랑은 불멸하니까―
아니―사랑은 신성하니까―

수전 길버트(Susan Gilbert, 1830~1913)는 디킨슨의 애머스
트 동갑내기 친구들 중에서도 시인의 삶에 특히 중요한 영향
을 끼친 인물로, 시인의 오빠 오스틴 디킨슨과 결혼하면서 시
인과 자매처럼 지내는 평생의 벗이 된다.

매사추세츠 디어필드 출신으로 7남매의 막내로 태어났
으나, 어린 나이에 양친을 잃고 친척 집에서 성장기를 보냈다.
16세가 되던 해에는 애머스트에서 결혼해 살고 있던 맏언니
집에 머물면서 애머스트아카데미에 다니며 시인과 교분을 맺
는다. 이후 뉴욕에 있는 유티카 여학교에서도 1년간 수학하지
만, 1848년 다시 애머스트로 돌아와 평생 정착하게 된다.

수전 또한 디킨슨과 마찬가지로 다양한 종류의 책을 수집
하기를 좋아하는 독서광이었으며, 지성과 교양을 갖춘, 친교
와 대화에 능한 사교적인 여성이었다. 수전이 디킨슨과 친밀
한 관계를 맺기 시작한 것은 1850년대 초반으로, 이 시기에 디
킨슨이 수전에게 보낸 편지들은 친구를 향한 절절한 그리움과
애타는 우정을 담고 있다. 유럽을 여러 번 여행할 정도로 진취
적인 성격의 소유자였던 수전과의 꾸준한 지적 교류는 은둔을

택했던 시인의 삶의 지평을 확장해 주었다.

디킨슨의 자택 홈스테드 바로 옆에 있었던 오스틴과 수전의 집에는 당대의 유명한 문인이나 정치인이 꾸준히 드나들었으며, 그들의 신혼 때에는 디킨슨도 자주 방문했다. 글쓰기에도 유능했던 수전은 디킨슨의 가족 중 디킨슨의 시 세계를 가장 잘 이해하는 인물로서, 생전에 시인에게서 250여 편의 시를 받아 보았으며 그때마다 시인에게 유용한 비평과 충고를 아끼지 않았다.

1856년 수전과 오스틴의 결혼 이후부터 시인의 편지에는 관계의 변화로 인한 불가피한 감정의 온도 차가 생기지만, 수전이 아이의 죽음 등으로 어려움을 겪을 때마다 디킨슨이 전하는 따뜻한 안부와 위로에서는 가족으로서의 애틋함이 드러난다. 수전은 디킨슨의 사망 사흘 후인 1886년 5월 18일, 본인이 직접 쓴 시인의 부고를 《스프링필드 리퍼블리컨》에 게재했다.

수전 길버트

다시는 외로워지지 않을 거야
(1850년 12월경)

날씨만 괜찮았다면 말이야, 수지—오늘 나의 조그만, 반갑지 않은 얼굴이 찾아가서 집 안을 기웃거렸을 거야—자매와 다름없는 내 친구에게 슬쩍 키스를 해 줬어야 했는데—그 사랑스러운 방랑자가 돌아왔으니—차가운 겨울바람에 감사하렴, 나의 사랑하는 친구야. 나의 그 당돌한 침입을 막아 주었으니까!

친애하는 수지—행복한 수지—나는 네가 기뻐하는 모든 것에서 기쁨을 느껴—그걸로 버텨 내렴, 나의 사랑하는 자매여, 너는 다시는 외로워지지 않을 거야. 네가 정말로 혼자였을 때, 너의 자매가 되어 주려 너무나도 열심히 노력했던 그 모든 다정한 친구들도 잊으면 안 돼!

온 세상이 어깨를 움츠리고 있는, 오늘같이 날씨가 궂은 날에 부는 바람 소리가 너에게는 들리지 않겠지. 너의 작은 "유골 안치소가 온기와 부드러움으로 덧대어져 있다."고 하니, 그 곳에 '침묵'은 존재하지 않겠구나—그러니까 너는 사랑스러운 '앨리스'와는 다르다는 거야.[25] 자매들로 이루어진 작은 세계 속에 있던 천사 같은 얼굴 하나가 그리워—사랑하는 메리 언니[26]—성인군자 같은 메리 언니—외로운 이를 기억하자—비록 그녀가 우리에게 올 수는 없지만, 우리가 그녀에게로 돌아갈 테니! 나의 사랑을 네 두 언니들께도 전해 줘—매티 언니도 너무나 보고 싶구나.

너를 매우 사랑하는,
에밀리가

---

25 롱펠로의 소설 『캐버너(Kavanagh)』의 여주인공 중 한 명인 앨리스를 언급하는 것으로, 작품 속에서 앨리스의 침실은 "흰색 천이 드리워진 작은 피난처, 온기, 부드러움, 침묵이 덧대어진 유골 안치소"로 묘사되어 있다.

26 수전의 언니 메리가 그해 7월에 사망했다. 디킨슨이 '매티'라고 부르는 이는 수전의 또 다른 언니인 마사로, 이 편지가 쓰일 당시 수전과 함께 애머스트에 있는 큰언니 해리엇의 집에 방문 중이었다.

우리만이 유일한 시인이지

(1851년 10월 9일)

수지, 난 이곳에서 너를 위해 일부러 눈물을 흘렸어—왜냐하면 이 "귀여운 은빛 달"이 나와 비니에게 미소를 지어 주고는 네게 닿기도 전에 멀리 가 버리니까—그리고 너도 볼티모어에 달이 뜨는지 내게 한 번도 얘기해 준 적이 없으니—수지, 내가 어떻게 알 수 있겠니—너도 달의 귀여운 얼굴을 보았는지? 오늘 밤 달은 별들이 노를 젓는 작은 은색 곤돌라를 타고 하늘을 항해하는 요정처럼 보이는구나. 조금 전에는 나도 좀 태워 달라고 그녀에게 부탁을 했어—그리고 볼티모어까지 도달하면 내리겠다고 말해 보았지. 하지만 그녀는 그저 혼자 미소 지으며 계속해서 항해해 나갔어.

그녀가 꽤 인색했다고 생각하지만—나도 나름의 교훈을 얻어서 앞으로 다시는 달에게 그런 부탁을 하지 않으려고 해. 오늘 이곳에는 비가 내렸어—가끔씩 비가 너무 세게 퍼부어서 그 소리를 너도 들을 수 있지 않을까 상상했어─후두둑, 후두둑, 나뭇잎 위에 떨어질 때의 그 소리를─그렇게 상상하니 마음이 즐거워져서, 나도 가만히 앉아 그 소리에 귀를 기울였지─그러곤 진지하게 그 모습을 지켜봤어. 수지, 그 소리를 들었니─아니면 그저 나만의 상상이었니? 마침내 해가 떠올랐어─우리에게 저녁 인사를 해야 할 시간에 딱 맞춰서. 그리고 내가 언젠가 말했듯이, 지금은 달이 빛나고 있어.

수지, 네가 여기에 있었더라면, 너와 내가 함께 산책을 하며 즐거운 사색을 할 만한 그런 저녁이야─아마 우리는 '이크 마블'[27]을 본뜬 '공상'을 할 수도 있었겠지. 우리의 공상은 시가를 피우는 그 외로운 독신자의 것만큼이나 매력적일 것이 분명해─그리고 그보다 더 유익할 거야. '마블'은 그저 경탄만 했지만, 우리는 우리만의 조그만 운명을 만들어 나가려고 노력할 테니까. 그 매력적인 남성이 또다시 꿈을 꾸고 있고, 조만간 거기에서 깨어날 거라는 사실을 알고 있니─신문에서 말해 주었어. 또 다른 공상을 들고 나올 거라고─첫 번째 것보다 더 아름다울 거라고.

---

27 Ik Marvel. 19세기 미국의 수필가이자 소설가였던 도널드 그랜트 미첼(Donald Grant Mitchell)의 필명. 주로 사랑, 자연, 인생에 관한 성찰을 감상적이고 고풍스러운 필체로 표현했다. 대표작이자 당시 베스트셀러였던 『독신자의 공상(Reveries of a Bachelor)』에서 작가는 독신자의 관점에서 목가적 삶과 소년 시절, 결혼, 꿈 등에 관한 주제를 몽환적인 사색을 통해 탐구했다.

너도 그가 우리만큼 오래 살기를 바라지 않니 ─ 그리고 계속해서 꿈을 꾸며 그것을 우리에게 글로 써 주기를. 그는 나중에 얼마나 매력적인 노인이 될까? 나는 그를 할아버지라고 부르게 될 미래의 귀여운 '벨라'와 '폴'도 부러워! 우리는 기꺼이 죽음을 맞이하고 싶을 거야, 수지 ─ 그와 같은 사람이 먼저 떠나 버리면. 우리 같은 사람들의 인생을 해석해 줄 사람이 더 이상 세상에 없을 테니.

롱펠로의 『황금 전설』이 마을에 도착했다고 들었어[28] ─ 어쩌면 애덤스 씨의 책장에 위엄 있게 꽂혀 있는 모습을 볼 수 있을지도. 그 유명한 가게에서 어느 위엄 있는 작가가 '머리'와 '웰스'와 '워커'[29]와 함께 나란히 놓여 있는 것을 발견할 때마다 ─ 나는 언제나 "우리에 갇힌 페가수스"[30]를 떠올린단다. 그리고 나 또한 그 작가와 마찬가지로 그들이 어느 날 아침 "날아

---

28 13세기 제노바의 대주교 야코부스 데 보라기네(Jacobus de Voragine)가 집필한 성인전 모음집인 『황금 전설(The Golden Legend)』이 롱펠로에 의해 번역되어 막 출간된 시기였었다.

29 차례대로 Lindley Murray, William Harvey Wells, John Walker. 모두 18, 19세기의 유명한 언어학자로, 영어 교육에 쓰이는 유명한 문법 교재 및 사전 등을 편찬했다.

30 롱펠로의 『길 잃은 것들(The Estray)』(1846년)의 도입부에 등장하는 시 「Pegagus in Pound」. 시인의 상상력을 상징하는 웅장한 말 페가수스가 어느 마을의 작은 마구간에 갇히게 된 이야기를, 언어학자들과 함께 서가에 진열되어 있는 위대한 작가들에 빗대고 있다.

가 버려서" 온종일 자신들의 고향인 하늘에서 온종일 떠들썩하게 즐기고 있다는 소식을 듣기를 절반쯤 기대하지. 하지만 수지, 우리만이 유일한 시인이고 나머지 사람들은 산문이라는 상상에 즐거워하는 우리 자신을 위해, 우리와 마찬가지로 그들이 이 초라한 세계를 기꺼이 함께 나누고 그러한 고통을 견디며 살아갈 의향이 있기를 바라자!

내가 쌀로 만든 케이크에 고마워해 줘 ─ 수지, 내게 말해 봐, 네가 이미 그것을 맛보았다고 ─ 네가 좋아하는 것을 보내 줄 수 있어서 난 정말 행복해. 점심이 되기도 전에 너는 분명 엄청나게 배고파할 거야 ─ 그리고 그 멍청한 학생들을 가르치느라[31] 실신할 지경이 되겠지. 나는 네가 두툼한 이항 정리 교과서를 힘겹게 들고 교실에 내려와 이해력이 부족한 아이들에게 그것을 해부해서 설명하는 모습을 종종 상상해 ─ 수지, 그들에게 가끔 매질도 하길 바라 ─ 나를 위해서 ─ 아이들이 멋대로 굴면 네가 원하는 만큼 세게 매질해도 좋아! 매티 언니에 따르면 ─ 아이들이 ─ 가끔은 ─ 엄청나게 둔하다던데 ─ 하지만 나는 네가 그 아이들을 격려하고 실수도 모두 용서해 준다는 걸 알고 있어. 수지, 그 경험은 네게 인내를 가르쳐 줄 거야 ─ 확신을 가져도 돼.

---

31   1851년부터 이듬해까지 수전은 볼티모어에서 수학 교사로 근무했다.

매티 언니는 저녁 회식에 대해서도 들려주었어 — 네가 교장 성대모사를 해서 재미난 공포를 안겨 준 일도 — 수지, 정말 너다워 — 아주 정확히 너야 — 내가 페이슨 씨에게 이걸 알려 주면 그는 어떻게 웃을까, 그의 짙은 큰 눈동자는 — 아마도 흘낏 쳐다보며 반짝거리겠지! 수지 — 할 수 있는 한 세상의 모든 재미를 즐기렴 — 자주 웃고 노래 불러. 우리가 사는 이 작은 세상에는 미소보다 눈물이 더 많으니까. 하지만 나와 매티 언니가 점차 희미해져 사라져 버릴 정도로까지는 행복해하지 않기를. 우리보다 더 유쾌한 처녀들이 우리의 텅 빈 자리에 미소 지으니까!

수지, 네가 떠났을 때 내가 네게 절대 편지를 안 쓸 거라 여겼니 — 왜 그렇게 생각했어? 너도 내가 한 약속을 너무나 잘 알고 있을 거라 믿었는데 — 내가 그렇게 말한 적도 없는데 — 나는 글 쓰는 일에 제약을 좀 받아야 할 것 같아 — 우리가 사랑하는 사람과 우리를 분리하는 것은 — "높이도 깊이도 아닌"(……)[32]

---

32   편지 후반부는 분실된 것으로 추정.

I dwell in Possibility —

A fairer House than Prose —

More numerous of Windows —

Superior — for Doors —

Of Chambers as the Cedars —

Impregnable of eye —

And for an everlasting Roof

The Gambrels of the Sky —

Of Visitors — the fairest —

For Occupation — This —

The spreading wide my narrow Hands

To gather Paradise —

나는 가능성 속에 살지요 ─
산문보다 빼어난 집에서 ─
더 많은 창문들이 있지요 ─
문이라기엔 ─ 그보다 더 훌륭한 ─

방들은 삼나무 숲 같아요 ─
바라보는 것만으론 꿰뚫을 수 없는 ─
하늘로 이루어진 박공이 ─
영원한 지붕 ─

손님들 중 ─ 가장 빼어난 이가 ─
차지하지요 ─ 이것을 ─
낙원을 모으려고 내 가느다란
손을 넓게 펼친 곳을 ─

수심에 잠긴 슬픈 연둣빛

(1852년 4월 5일)

수지, 나에게 친절히 대해 주겠니? 오늘 아침, 나는 버릇없고 신경질적으로 굴었어. 이곳에선 아무도 나를 사랑하지 않아. 너 또한 나를 사랑하지 않을 거야. 내가 얼굴을 찌푸리는 모습을 보았다면, 그리고 집 안을 돌아다닐 때마다 내가 문을 세게 닫아 버리는 소리를 들었더라면. 화가 나서 그런 건 아니야—내가 생각하기엔 그래.

아무도 보지 않을 때는 앞치마 귀퉁이로 한 움큼 눈물을 훔치고 하던 일을 계속하니까—쓰라린 눈물이야, 수지—너무나도 뜨거워서 내 뺨이 타 버리고 내 눈알이 델 정도야. 너도 많이 울어 봤으니, 그 눈물이 화보다는 슬픔 때문이라는 걸 잘 알 테지.

나는 빨리 달리는 게 좋아—그래서 그 모든 것들에서 숨어 버리는 것도. 여기 사랑하는 수지의 가슴속에는 사랑과 휴식이 있다는 걸 알지. 거대한 세계가 나를 불러서 일하지 않는다고 혼 내지만 않는다면, 나는 결코 멀리 사라져 버리지 않을 거야.

다정한 에메랄드 맥[33]은 빨래를 하고 있어. 따뜻한 비누 거품과 물 튀는 소리가 들려. 조금 전 맥에게 내 손수건을 줘 버렸어 ─ 그래서 나는 더 이상 울 수도 없어. 비니는 빗자루질 을 하고 있어 ─ 실내 계단을 쓸고 있지. 어머니는 먼지가 날린 다는 이유로 실크 손수건으로 머리카락을 분주하게 말아 올리 고 계셔.

아 수지, 침울하고, 슬프고, 따분하구나 ─ 태양은 빛나지 도 않고, 구름은 차가운 잿빛이야. 바람은 불지 않으면서 날카 로운 소리만 울려 대고, 새들은 노래는 하지 않고 짹짹대고만 있어 ─ 그리고 웃어 줄 사람이 없어! 내가 자연스럽게 묘사했 니 ─ 수지, 그래서 어떤 상황인지 상상이 가? 하지만 신경 쓰 지 않아도 돼 ─ 항상 그렇지는 않으니까. 그리고 우리는 여전 히 너를 사랑해 ─ 마치 여기 아무 일이 없었다는 듯 항상 소중 하게 너를 떠올린단다. 수지, 네 귀중한 편지가 여기 내 앞에 놓 여 있어. 나를 보고 친절하게 미소를 지으면서, 그 편지를 쓴 사 람에 대한 달콤한 생각들을 떠올리게 해 주지. 사랑하는 친구 야, 네가 집에 돌아오면 난 더 이상 네 편지를 받지 못하게 되겠

---

33 아일랜드 출신으로 디킨슨의 집에서 세탁부로 일했던 맥 부인을 지칭한다. 디킨슨은 같은 성을 가진 지인과 구분하기 위해 맥 부인의 성 앞에 에메랄드를 붙여 부른다.

지. 하지만 난 너 자체를 가질 수 있게 되니까, 그게 더 커—내가 상상하는 것보다 훨씬 더 크고 더 좋을 거야! 나는 지금 앉아서 내 작은 채찍으로 시간을 때려잡고 있어. 일말의 시간도 남지 않게 될 때까지—그때가 되면 네가 여기에 있겠지! 그리고 기쁨이 이곳에 있겠지—지금부터 영원히 지속될 기쁨이!

수지, 이제 며칠 안 남았으니, 시간은 금방 흘러갈 거야. 하지만 나는 그것에게 이렇게 말하고 싶어. 가 버려, 지금 당장, 나는 그녀가 필요하니까—나는 그녀가 있어야만 해, 아, 그녀를 나에게 돌려줘!

매티 언니는 사랑스럽고 진실된 사람이야. 나는 언니가 참 좋아—나에게 다정하게 대해 주는 에밀리 파울러도—그리고 템피도—그리고 물론 애비와 엠 언니도—나는 모두를 사랑해—그들도 나를 사랑해 주기를. 하지만 수지, 여전히 외딴 구석이 있어. 나는 과거에 지나간 것들로 그 구석을 메꿔 보고, 그 주변을 계속 맴돌며 거기에 대고 사랑하는 이름들을 차례로 부르면서 나에게 말을 해 달라고 요청하지. 그리고 혹시 수지냐고도 물어봐. 그러면 그것이 대답하지. 아니야, 이 아가씨야. 수지는 누가 훔쳐 갔어!

내가 불평을 하는 걸까, 그냥 혼자 투덜대는 걸까, 아니면 내가 정말 슬프고 외로워서 정말, 정말 어찌할 도리가 없는 걸까? 가끔 정말로 그런 기분이 드는데, 하나님이 너를 데려가 버림으로써 나에게 벌을 주고 있다고 생각하는 건 잘못된 거겠지. 하나님은 내가 너에게 편지를 쓰게 허락하시고, 또 너의 다정한 편지들을 받게 해 주실 정도로 친절하신 분이니까. 하지만 내 마음은 그 이상을 원하는걸.

수지, 이런 생각을 해본 적이 있니? 분명 해봤다는 걸 알아. 우리의 마음이 얼마나 많은 걸 요구하는지. 이 크고 넓은 세계에 그 냉정한 조그만 빚쟁이들이 존재한다는 걸 ─ 너와 내가 각자의 가슴속에 매일 그 작고 인색한 구두쇠들을 품고 다닌다는 걸 믿을 수 없어. 가끔은 어쩔 수 없이 이런 생각이 들어. 특히 마음이라는 그 옹졸한 것이 조용하게 숨어 있다는 이야기를 들을 때마다 ─ 그렇지 않으면 누군가가 네 정체를 알아낼 테니까!

나는 집 밖으로 나가는 중이야. 네게 선물해 줄 신선한 ─ 초록색 풀들을 뽑아 놓으려고. 너와 내가 앉아서 여러 가지 상상에 빠지곤 했던 그 모퉁이에 놓아둘 거야. 아마 귀여운 풀들은 그동안에도 계속 자라고 있었겠지 ─ 우리가 하는 말을 엿들었을 수도 있지만, 누구에게도 말할 수는 없겠지! 사랑하는 수지, 지금은 다시 들어왔어. 이게 내가 찾아온 것들이야 ─ 우리가 앉아 있던 시절처럼 행복한 초록이 아닌, 수심에 잠긴 슬픈 연둣빛을 띠고 있어 ─ 희망을 애도하고 있지. 분명 말쑥한, 젊은 질경이가 그 순정을 훔쳐 간 다음 배신한 게 분명해 ─ 너는 조그만 질경이 말고는 그 어떤 것도 배신하지 않기를 바라겠지?

수지, 그 멋진 청년들과 수염들을 생각할 때마다, 우리의 마음이 매일같이 부서지지 않는다는 건 놀라운 일인 것 같아. 그런데 나는 돌처럼 딱딱하게 굳은 마음을 가진 사람인가 봐. 전혀 부서지지 않으니까. 사랑하는 수지, 만약 내 마음이 돌과 같다면, 네 마음은 돌 위에 쌓인 돌이야. 왜냐면 나는 쉽게 휩쓸리는 일들에 너는 전혀 굴복하지 않으니까. 우리는 계속 굳어 있게 될까, 수지 ─ 얼마나 오랫동안 그럴까? 나는 포프와 폴록과 존-밀턴 브라운 같은 남자들[34]을 만날 때마다, 우리에게 어떤 의무가 있는 것 같다는 생각이 드는데, 잘 모르겠어! 너와 나에게 거대한 미래가 존재한다는 사실이 기뻐. 너는 내가 무엇을 읽고 있는지 알고 싶겠지 ─ 뭐라고 말해 줘야 할지 모르겠네. 내 목록이 길지 않아서.

막 세 권의 짧은 책들을 끝냈는데, 훌륭하지도 흥미진진하지도 않았어 ─ 하지만 감미롭고 진실했어. 『계곡의 빛(The Light in the Valley)』, 『오직(Only)』, 『바위 위의 집(A House Upon a

---

34 디킨슨이 주변의 젊은 남자들을 자신이 알고 있는 작가들의 유형에 비유한 것으로, 각각 영국의 시인 알렉산더 포프, 스코틀랜드 시인 로버트 폴록(Robert Pollok)을 가리키고, 존-밀턴 브라운의 경우 영국 시인 존 밀턴(John Milton)과 스코틀랜드의 목회자이자 작가 존 브라운(John Brown)을 함께 지칭한 것으로 보인다.

Rock)』[35]이야——너도 분명 이 책들을 모두 사랑할 거야——하지만 그 책들이 나를 사로잡지는 않았어. 숲에는 어떤 발자취도 없어——낮게 깔린 진심 어린 목소리도, 달빛도, 빼앗긴 사랑도 존재하지 않지만, 신과 부모를 사랑하며, 땅의 법칙에 순종하는 순수하고 소박한 삶이 있단다. 그 책들을 구할 수 있게 되면 꼭 읽어 봐, 수지. 도움이 될 거야.

『올턴 로크(Alton Locke)』[36]를 구할 수 있을 것 같아——『올리브(Olive)』라는 제목의 책도 그렇고.『가장(The head of the Family)』[37]이라는 책도 있는데, 매티 언니가 너를 부르는 명칭이기도 하지. 비니와 나는 며칠 전에『황폐한 집(Bleak House)』[38]을 손에 넣었어——그 책은 꼭 그 작가 같더라. 이게 내가 말할 수 있는 전부야. 사랑하는 수지, 지난번 내게 편지를 쓸 때 너무나 행복했다고 했지——나도 너무나 기뻐. 그리고 너는 지금도 행복할 거야, 나의 이 모든 슬픔에도 불구하고. 그렇지? 내가 만약 너까지 슬프게 만들었다거나, 나 때문에 눈가를 적시

---

35 『계곡의 빛』은 메리 엘리자베스 스털링(Mary Elizabeth Stirling) 소설, 다른 두 책은 마틸다 앤 매카니스(Matilda Anne Mackarness)의 작품. 디킨슨이 당시 출간된 지 얼마 안 된 책들도 꾸준히 섭렵하고 있었음을 알 수 있다.

36 찰스 킹즐리(Charles Kingsley)의 소설.

37 다이나 마리아 크레이크(Dinah Maria Craik)의 소설.

38 찰스 디킨스(Charles Dickens)의 소설. 1852년 3월부터 1953년 9월까지 매월 출간되었으며, 편지는 출간이 시작되던 무렵 쓰였다. 디킨슨은 이후『황폐한 집』을 모티프로 한 시를 쓰기도 했다.

게 했다면, 난 나 자신을 결코 용서하지 않을 거야. 나는 제비꽃의 영토에서, 그리고 봄의 영토에서 너에게 편지를 쓴단다. 그러니 너에게 오로지 슬픔만을 전달한다는 건 나에게는 온당치 못한 일이야.

수지, 나는 너를 항상 기억하고 있어 — 나는 언제나 이곳에 너를 간직하고 있지. 네가 사라지면, 나도 사라지는 거야 — 그러면 우리는 한 그루의 버드나무 아래에 같이 있게 되겠지. 나는 '하나님 아버지'가 너와 같은 존재를 나에게 주셨다는 것에 오직 감사할 뿐이야. 그리고 그분이 내가 사랑하는 이를 축복하시기를, 그를 내게 되돌려 주시기를, 그래서 그가 "다시 나가지 아니하도록"[39] 나는 끊임없이 기도할 뿐이야. "사랑은 여기 있으니."[40] 하지만 그곳은 천국이었고 — 이곳은 지상이야. 그런데 지상이 너무나도 천국과 같아서, 진실한 이가 나를 부르신다면, 나는 주저할 거야.

친애하는 수지 — 안녕!
에밀리 —

---

39 「요한계시록」 3장 12절. "이기는 자는 내 하나님 성전에 기둥이 되게 하리니 그가 결코 다시 나가지 아니하리라."
40 「요한일서」 4장 10절. "사랑은 여기 있으니, 우리가 하나님을 사랑한 것이 아니라 하나님이 우리를 사랑한 것이다."

"Hope" is the thing with feathers —

That perches in the soul —

And sings the tune without the words —

And never stops — at all —

And sweetest — in the Gale — is heard —

And sore must be the storm —

That could abash the little Bird

That kept so many warm —

I've heard it in the chillest land —

And on the strangest Sea —

Yet — never — in Extremity,

It asked a crumb — of me.

"희망"은 날개 달린 것 —
영혼 속에 앉아 있지 —
그리고 단어 없는 선율을 노래하며 —
멈추는 법이 없지 — 결코 —

돌풍 속에서 — 가장 달콤하게 — 들린다네 —
아주 매서운 폭풍일지라도 —
많은 이들을 따뜻하게 감싸 준 —
그 작은 새를 당혹스럽게 할 수는 없네 —

나는 그 노래를 들었지 가장 추운 땅에서 —
그리고 가장 낯선 바다에서 —
하지만 — 결코 — 극한의 상황에서도 —
내게 — 그것은 빵 부스러기 하나 청하지 않았네.

나는 그냥 희망만 가질래

(1852년 6월 초)

수지, 다들 집 안 청소를 하고 있어서 나는 조그만 내 방으로 재빨리 도피해 왔어. 여기서 사랑하는 마음과 너와 함께, 이 소중한 시간을 보낼 예정이야. 쏜살같이 흘러가는 나날을 장식하는 모든 소중한 시간 중에서 사실상 가장 소중한 시간이지. 너무나도 소중한 이 시간을 위해서라면 나는 그 무엇이라도 내놓을 수 있어. 그리고 이 시간이 지나가 버리면 나는 또 한숨을 짓겠지.

사랑하는 수지, 너 없이 나 혼자 거의 1년의 시간을 보냈다는 걸 믿을 수가 없어. 시간이라는 게 가끔은 짧게 느껴지기도 해. 너에 대한 생각은 마치 어제 떠난 듯 아직도 따뜻한 온기가 남아 있거든. 또 수많은 세월이 조용히 그 발걸음을 옮겨 왔기 때문에, 시간이 덜 길게 느껴질 수 있겠지. 그런데 나는 언제쯤 너를 만나 내 품 안에 안아 줄 수 있을까. 수지, 내 눈물을 용서해 주렴. 반가워서 찾아오는 눈물을 내 마음이 박하게 혼내거나 집에 보내 버릴 수는 없으니까. 이유는 모르겠지만—네 이름에 무언가 있나 봐. 네가 나에게서 가져가 버린 그 이름이, 지금 내 마음뿐 아니라 내 눈까지도 꽉 채우고 있으니. 이름을 부르는 일이 나를 비통하게 만든다는 뜻은 아니야, 수지. 하지만 우리가 함께 앉아 있었던 그 모든 '양지바른' 곳들을 떠올리면, 우리가 더 이상 그렇게 같이할 수 없을 것 같은 생각이 들어서 눈물이 나오는 것 같아.

어젯밤 매티 언니가 우리 집에 다녀갔어. 우리는 현관 앞 돌계단에 앉아 인생과 사랑에 대해 이야기를 나누고, 그런 축복들에 대해 어린 시절 가졌던 환상을 서로 속삭였어—지난밤은 너무나 빨리 가 버렸고, 침묵하는 달 아래 매티 언니를 집에 데려다주면서, 너를, 그리고 천국을 소망했어. 사랑하는 친구야, 너는 오지 않았지만 약간의 천국이 나에게 와 주었단다. 아니, 우리는 그렇게 느꼈어. 우리는 나란히 걸으며 언젠가 우리의 것이 될 그 축복이 지금은 누군가에게 주어져 있을지 궁금해했지.

사랑하는 수지, 두 개의 생명이 하나가 되는 그러한 결합이, 우리가 바라보기만 하고 아직은 우리에게 허용되지 않은 그 달콤하고 기묘한 간택이, 어떻게 우리의 심장을 채우고, 그 심장을 하나같이 열광적으로 뛰게 만드는지, 그것이 어떻게

에밀리 디킨슨이 평생 거주했던 '홈스테드'

언젠가 우리를 데려가 우리를 온전한 존재로 만들어 줄는지. 그러면 우리는 그것으로부터 도망치지 않고 가만히 누워 행복해해야만 해!

수지, 너와 나는 이러한 주제에 대해 이상할 정도로 말을 아꼈어. 그런 이야기를 조금씩 나눈 적은 있지만, 순식간에 그것들로부터 도망쳐 버렸지. 마치 햇살에 너무 눈이 부셔 눈을 질끈 감아 버리는 아이들처럼 말이야. 나는 항상 알고 싶었어. 네가 정말 좋아했던 사람, 네 모든 삶에 빛을 환하게 비춰 주는, 네가 밤의 신실한 귀에 대고 몰래 속삭였던 이가 없었는지 ─ 그리고 네가 상상 속에서 누구의 곁에서 온종일 함께 걸었는지. 수지, 네가 집에 돌아오면, 이러한 것들에 대해 이야기를 나눠 보자. 낮에는 황금을 얻고 밤에는 진주를 모으는 새 신부들, 사랑을 맹세한 여인들에게는 우리의 인생이 얼마나 지루해 보일까.

하지만 수지, 아내에게는, 특히 잊힌 아내에게는, 우리의 인생이 이 세상 그 누구의 것보다 더 소중하게 느껴질 거야. 아침에 꽃들의 모습을 본 적이 있지? 아침 이슬에 흡족해하는. 그런데 정오가 되면 그 앙증맞은 꽃들이 웅장한 태양 앞에서 괴로워하며 고개를 숙인단다. 너는 이 목마른 꽃송이들에게 필요한 게 오로지 이슬뿐이라고 생각해? 아니야. 그 꽃들은 계속해서 태양을 향해 울부짖고, 불타오르는 정오를 갈망할 거야. 태양이 그들을 시들게 하고, 상처 입힐지라도. 그들은 조용히 견뎌 냈지―그들은 정오의 남자가 아침보다 더 전능하다는 걸 알고, 그 이후의 삶은 그의 지배를 받게 되지. 아, 수지. 그건 위험해. 그리고 이 모든 것들이 너무나 소중해. 이 단순한 믿음의 정신들, 우리가 저항할 수 없는 더 웅장한 정신들! 수지, 그런 생각들이 나를 갈기갈기 찢어 놓아서, 가끔은 나 또한 그렇게 시들게 될까 봐 몸서리를 친단다.

수지, 나의 사랑하는 꽃봉오리야, 나는 편지를 잘 받았어―또다시 눈물이 터져 나왔고, 이 거대한 세상에서 외롭게 존재하지만, 난 그다지 혼자가 아닌 것 같아. 그 정도 눈물은 소나기야―친구야, 그 속에서 웃음이 피어나거든. 천사들이 무지개라고 부르고, 천국에서도 따라 하는 그것.

이제 4주 만 더 있으면―수지 넌 완전히 나의 것이 되겠구나. 가끔 너를 해티와 매티 언니에게 빌려줘야 할 테지만. 너를 잃어버리지 않겠다고, 곧 돌려보내겠다고 약속하는 경우에만 말이야. 날짜를 세지는 않을래. 이 행복한 기대감으로 내 컵을 채우지는 않을 거야. 그렇게 했다가는 목이 마른 천사들이 나타나 그걸 다 마셔 버릴 수도 있으니까―사랑하는 수지, 그 대신 나는 그냥 희망만 가질래, 벌벌 떨면서, 짐을 가득 실은 배들은 항상 해변에 좌초되니까.

수지, 하나님은 선한 분이야. 그분이 너를 지켜 주시리란

걸 믿어. 그분이 예비하신 때가 되면, 우리가 다시 한번 만나게 되겠지. 하지만 삶이 우리에게 또 다른 만남을 예비하지 않는다면, 기억해 수지, 그것이 또 하나의 이별은 아니라는 걸. 우리가 너무나도 오랫동안 희망해 온 바로 그 마땅한 때가 언제든 우리를 찾아오면, 우리는 결코 다시는 떨어지지 않을 테니. 죽음도, 무덤도 우리를 떨어뜨릴 수 없는 곳에서, 오로지 사랑만 할 수 있는 그때가!

너의 에밀리 ──

하지만 나는 불평하지 않아

(1854년경)

수—너는 떠날 수도 있고 머무를 수도 있어—오직 하나
만 선택 가능하지—요즘 우리는 생각이 자주 다르지만, 그것
도 이번이 분명 마지막일 거야.

내가 혼자 남아 외로울까 봐 떠나는 걸 두려워할 필요
는 없어. 나는 내가 사랑했다고 여겼던 것들을 종종 내주었거
든—때로는 무덤에, 때로는 죽음보다 더 쓰라린 망각에. 그로
인해 내 마음은 너무나 자주 피를 흘리기 때문에, 나는 출혈을
개의치 않아. 이미 이전부터 존재해 온 고통들에 그냥 하나를
더 추가하는 것일 뿐. 그리고 결국에는 이렇게 말하지—희망
이 사라졌다!

내가 어렸을 때는 그런 일들이 나를 슬프게 했어. 아마도
내 조그만 굳은 발들이 관 속에 가만히 놓이게 될 때까지도
울 수 있었을 거야. 하지만 때로는 눈가가 마르기도 하고, 마

음이 바삭한 숯덩이처럼 말라서 차라리 타 버리는 게 나을 때
도 있어.

수—내 삶은 내가 한때 꿈꾸었던 천국의 사라지지 않는
징표를 따라 살아왔어. 그것을 빼앗긴다면, 나는 외로이 남게
되겠지. 비록 최후의 날, 네가 사랑하는 예수 그리스도께서 나
를 모른다고 할지라도—그보다 더 어두운 영혼도 자신의 아
이를 내치지는 않을 테니.

내 삶에 주어진 이들은 얼마 없어. 그리고 내가 우상 숭배
가 될 정도로 과하게 그들을 사랑한다면, 그들은 나에게서 멀
어지게 될 거야—나는 단지 갔구나라고 말할 뿐. 자욱한 연기
는 한없는 푸르름 속으로 사그라지고, 누군가가 오늘 스러졌
다는 사실은 나만이 알겠지. 우리는 매우 행복하게 산책을 했
어—아마도 여기가 우리의 인생행로가 갈라지는 지점인 것
같아—그리고 나는 노래를 부르는 수지를 지나쳐 멀리 떨어
진 언덕까지 계속해서 걸어가지.

봄에 나를 위해
노래 불러 주는 새 한 마리 있지—
봄은 유혹하네.
여름이 가까워지고—
장미가 피면,

개똥지빠귀는 사라지네.

하지만 나는 불평하지 않아
나의 새는
비록 날아가 버렸지만 —
저 먼 바다 너머에서
나를 위한 새로운 선율을 배워
돌아올 것을 알고 있기에.

더욱 안전한 손길에 붙잡혀
더욱 참된 나라에서 머무르는 이들은
나의 것 —
비록 지금 그들은 떠나지만,
나는 내 의심하는 마음에게 말하네
그들은 당신의 것이라고.

더욱 고요한 광채 속에서
더욱 찬란한 금빛 광명 속에서
나는 깨닫네
모든 사소한 의심과 두려움,
모든 사소한 이곳의 다툼들이

지워져 버렸음을.

그러니 나는 불평하지 않으리,
나의 새는
비록 날아가 버렸지만
저 먼 곳의 나무에서
내게 밝은 선율을
되돌려 보낼 것을 알고 있기에.

E-

내게 빈 화폭이 있었더라면

(1854년 11월 27일부터 12월 3일까지)

　수지―자기가 얼마나 외로운지 떠들어 대는 건 하찮은 일이야―누구나 그렇게 할 수 있으니까. 하지만 몇 주 동안 자나 깨나 외로움을 심장 옆에 지니고, 무언가를 항상 그리워하는 일, 바로 이것에 대해서는, 아무나 말할 수 없지. 그게 나를 당황스럽게 해. 내게 빈 화폭이 있었더라면, 눈물을 자아내는 초상화를 그렸을 거야. 그 장면은―고독함이 될 거야. 형태들은―고독함―그리고 빛과 그림자들, 각각이 하나의 고독이지. 나는 방 하나를 가득 채울 수도 있어. 너무나도 쓸쓸해서 사람들이 그곳에서 잠시 멈춰 눈물을 흘릴 풍경들로. 그리고 그들은 곁에 남은 사랑하는 이를 위해 서둘러 집으로 감사의 발걸음을 옮기게 되겠지.

　오늘은 꽤 아름다운 날이었어. 고요하고 푸르렀지. 오늘밤, 붉은 피부의 아이들은 서부에서 뛰어놀고 있고, 내일은 더 추워질 거야. 모든 것에서 나는 너를 헤아린단다. 매일 매시간 너를 떠올리고 싶어. 네가 하는 말들 — 하는 행동들 — 너와 함께 걸으며, 아직 보지 못한 것들을 보고 싶어. 너는 산책하고 혼자서 바느질한다고 말했지. 나도 산책하고 혼자 바느질한단다. 비니를 자주 보지는 못해 — 그 아이는 주로 계단을 청소하고 있지!

외출은 거의 하지 않아 — 한 달에 한두 번 정도. 우리 둘 다 공단 드레스를 입고 항해에 나선단다 — 주요 지점들을 통과한 다음, 다시 항구로 되돌아오지 — 비니는 주로 거래 업무를 처리하기 위해 유랑을 다니고, 정박하는 것이 내가 할 수 있는 일의 전부야. 드와이트 부부는 내게 햇빛 같은 존재들이야. 어떤 밤도 그들의 빛을 가리지 못해. 나는 여전히 매주 그분들 집을 방문해. 오스틴 오빠는 분노하고, 여동생 비니는 화를 내지만.

나는 "박해가 불을 붙인다."라는 표현을 들은 적이 있는데 — 아마 그게 나를 불붙게 한 것 같아! 그들은 다정하고 사랑스러워. 그리고 무엇보다, 사랑하는 수지, 그분들은 언제나너의 안부를 묻는단다. 지금은 일요일 오후야. 너에게서, 즉 펜과 잉크에서 너무 오래 떠나 있었어 — 내 마음은 지속되어 왔는데. 손님들을 대접하기 위해 너와 떨어져 아래층에 다녀왔어 — 혹시 내 아쉬움이 겉으로 드러났을까 걱정되지만, 분명

오티스 앨런 불러드, 「에밀리 엘리자베스, 오스틴, 그리고 라비니아 디킨슨」(1840년경)

그런 마음으로 행동한 건 맞아. 거대한──짙은 눈 폭풍이 들판을 돌아다니며 괴롭히다가, 지금은 내 방 창문에 찾아와 고개 숙여 인사하고 있어──이 친구를 안으로 들여서는 안 되겠지!

나는 평상복 차림에 부츠를 신고 종일 교회에 가 있었어. 드와이트 씨가 아주 귀중한 설교를 들려주셨지. 하나는 불신에 관한 것이고, 하나는 (야곱과) 에서에 관한 것이었어. 나는 불신에 관한 설교에 특히 끌렸단다. 지난주에는 매사추세츠 전역에서 추수감사절을 기념했어! 우리는 칠면조와 두 종류의 파이를 준비했지. 그 외에 별다른 변화는 없었어. 아버지는 추수감사절 밤에 떠나셨어. 오스틴 오빠는 내일 떠날 예정이야. 폭설이 방해하지 않는다면. 오빠는 곧 너를 만나게 되겠지, 사랑하는 친구야! 나는 그럴 수 없는데. 아, 나도 그럴 수 있다면!

우리는 추수감사절 '저녁 파티'에는 참석하지 않았어──아버지와 헤어지는 슬픔이 너무 컸거든. 네 언니가 자세한 이야기를 들려줄 거야. 애비는 훨씬 나아졌어──눈이 내리기 전까지 매일 말을 탔고, 다른 친구들처럼 길거리로도 나간대──애비는 예전보다 더 온화하고 다정해졌단다.

엠 켈로그 언니가 네 소식을 들은 지 오래되었다며 궁금해했어. 네 메시지를 언니에게 전해 줬고, 또 언니의 메시지도 다시 받아 왔어. 엠 언니는 여전히 헨리와 잘 만나고 있어. 비록 어떤 외적인 끈이 아직 그들을 묶어 주지는 않았지만. 에드워드 히치콕 씨와 아기, 그리고 메리가 우리 집에서 추수감사절을 보냈어. 나는 메리를 불렀지 ─ 그녀는 매우 사랑스럽게 등장했어. 아기는 메리에게 꽤 잘 어울리더라. 그들 모두 아기를 너무나 아꼈어. 메리는 따스함을 가득 담아 네 안부를 물었고, 내가 편지를 쓸 때 자기의 사랑도 전해 달라고 했어. 수지 ─ 그게 너였더라면 ─ 이런-이런! 자매여, 이제 그만해야겠지. 사랑하는 수지, 모든 일들이 흔들렸고, 또 여전히 흔들리고 있어. "어린아이들이여, 서로를 사랑하라."[41] 삶이 생존만을 의미하는 것도, 죽음이 신앙만을 뜻하는 것도 아니므로.

수지 ─ 우리는 모두 너를 사랑한단다 ─ 어머니도 ─ 비니도 ─ 나도. 진심으로! 너의 해리엇 언니는 우리의 가장 가까운 벗이야. 학기 마지막 날, 존이 너에게 사랑을 전해 달라고 했어. 매티 언니에게서는 몇 개월째 소식이 없네. "부재가 정복한다고들 말하지."[42] 그것은 나를 완벽히 파괴해 버렸단다. 어머니와 비니가 사랑을 전해 달라고 해. 오스틴 오빠는 자기의 사랑을 직접 가지고 갈 거야.

---

41 「요한일서」 4장 7~12절의 내용을 요약한 문장. "하나님은 사랑이시기" 때문에 "우리가 서로 사랑하면 하나님이 우리 가운데 거하게" 되어서 "하나님의 사랑이 우리 안에 온전히 이루어지는" 것이다.

42 프레더릭 윌리엄 토머스(Frederick William Thomas)의 시 「부재가 사랑을 정복한다고들 말하지('T Is Said That Absence Conquers Love)」를 언급하는 것으로 보인다.

어떤 총명함이 여기서 소멸했는가!

(1861년 여름)

석고로 된 자신들의 방 안에서 안전하게,
아침이 방해하지 않고
정오가 방해하지 않는 곳에서,
부활의 유순한 구성원들이 잠들어 있네.
비단으로 된 서까래와
돌 지붕 아래.

빛이 산들바람 같은 미소를 짓네
그들 위에 있는 자기의 성 안에서.
벌은 무신경한 귀에 대고 지껄이고,
귀여운 새들은 거친 음조로 노래하지,
아, 어떤 총명함이 여기서 소멸했는가!

이 시가 더 마음에 들겠지!

(1861년 여름)[43]

석고로 된 자신들의 방 안에서 안전하게,

아침이 방해하지 않고 ─

정오가 방해하지 않는 곳에서 ─

부활의 유순한 구성원들이 잠들어 있네 ─

비단으로 된 서까래와 ─ 돌 지붕 아래 ─

그들 주위로 ─ 웅장한 세월이 지나가네 ─ 초승달

모양으로 ─

온 우주가 호를 퍼 올리고 ─

창공은 노를 젓네 ─

왕관들은 ─ 떨어지고 ─ 총독들은 ─ 항복하지 ─

---

43   앞의 편지와 비슷한 시기에 보낸 두 번째 편지. 2연이 통째로 수정된 것으로 보아
수전이 조언을 한 것으로 보인다.

점처럼 소리 없이 — 눈송이 위로 —

수— 아마 이 시가 더 네 마음에 들 거야 —

에밀리 —

이게 더 서늘한 느낌일까

(1861년 여름)[44]

이게 더 서늘한 느낌일까?

봄은— 창턱을 흔들어 대네—
하지만 메아리는— 굳어 있고—
창문은— 희뿌옇고—
문은— 멍하게 서 있네—
일식(日蝕)의 종족들은— 대리석 천막 속에—
세월의 자물쇠가— 잠가 버렸네— 그곳에—

---

44 디킨슨이 앞서 보낸 두 번째 편지에 대해 수전은 즉시 답장을 보냈는데, 2연이 "남
쪽 하늘의 뜨거운 밤에 우리의 눈을 멀게 할 정도로 쇄도하는 번개만큼 눈부시지만
1연의 희미한 유령 같은 빛과 어울리지 않는다."라고 말한다. 이 세 번째 편지는 그
에 대한 답변이다.

수에게—

　네 칭찬은—나에게 도움이 된단다—왜냐하면 그것에 담긴 진심을 내가 알고—그것이 의미하는 걸—내가 짐작하니까—

　언젠가 내가 너와 오스틴 오빠를—자랑스럽게—만들어 줄 수 있을까—멀리 떨어져서—그럼 내가 더 커 보일 테니까—

　동봉한 건 '산비둘기'[45]를 위한—빵 조각이야. 그리고 얼마 전까지만 해도—그저—'수'였던, 그의 둥지를 위한 작은 나뭇가지도 함께 보내.

에밀리.

45　6월 19일에 태어난 수전과 오스틴의 아들이자 디킨슨의 첫 조카 네드를 가리킨다.

사랑은 불멸하니까

(1865년 3월)[46]

수에게—

사랑하는 이들은—죽을 수 없어—
사랑은 불멸하니까—
아니—사랑은 신성하니까—

에밀리.

---

46   애머스트에 살고 있던 수전의 큰언니 해리엇의 죽음 직후에 쓰인 편지다.

네가 가라앉지 않도록

(1865년 3월)

수, 내가 앞서가게 해 주렴. 나는 언제나 바다에 살고 있어서 길을 잘 안단다.

사랑하는 친구야, 네가 가라앉지 않도록 할 수 있다면 난 두 번이라도 물에 빠질 거야. 내가 너의 눈을 가려 줄 수 있었더라면, 그래서 네가 물을 보지 않아도 되었더라면.

의식처럼 혹은 불멸처럼

(1870년 12월 19일)[47]

그들이 오늘 탄생했음을 우리가 기뻐한다는 사실에 의심
이 없게 하려고
　　우리는 그들의 삶을 고귀한 휴일로 기념하지
　　날짜도 없이, 의식처럼 혹은 불멸처럼―

　　　　　　　　　　　　　　에밀리―

47　1870년 12월 19일 수전은 40세 생일을 맞이했다.

아무도 그리워하지 않으려면

(1873년 8월)

자매여

우리의 이별은 이따금씩 일어나는 일이었지만, 누가 먼저 떠났던 건지는 결론을 내릴 수 없어. 앞으로도 굳이 따지지 않으려고 해. 아무도 그리워하지 않으려면.

비니는 네가 즐겨 마시는 커피를 마셨는데, 그때부터 약간은 너를 닮아 보인단다. 그것마저도 나에겐 위안이구나.

오스틴 오빠는 두 연락을 받고 매우 지친 상태야—하나는 타일러 교수, 하나는 아버지한테서 온 거야. 그분들이 우리 집으로도 연락을 하실까 봐 걱정이야.

빵이 사라져 버렸어—

공급품에 대한 불만은—당연하지. 네드는 제 떠돌이 아빠보다 더 나은 병참 장교였으니.

작은 칠면조가 외로워해. 닭들이 그를 불러서 데려왔어. 익숙한 들판 위 칠면조의 낯선 목은 단봉낙타만큼이나 진기하지. 바람이 매티[48]의 경솔한 모자 위 리본을 나무랐을 거야. 그리고 바다는 자신이 닿을 수 있는 한 최대로 겹겹이 신은 매티의 스타킹에 대들었겠지.

만약 매티의 바구니가 매티가 고른 돌멩이들을 담아 주려하지 않는다면, 내가 통을 하나 보내 줄게.

우리는 네드를 너무도 그리워하고 있어. 목초지에서 펼치는 그 아이의 곡예는 두 배로 귀여울 거야.

벨라 디킨슨의 아들이 합창단에 유일하게 남은 베이스야. 요즘은 매일 상쾌한 비가 내려. 디킨스의 작품 속 매기[49]의 잔디밭은 궁정의 그것보다도 푸르를 거야.

네 오빠와 올케분[50]께 내 사랑을 전해 줘 ─ 제발 ─ 그리고 사랑스러운 귀족들께도.

자연도 안부를 전해 달라고 하네 ─

황혼이 애머스트를 자신의 노란 장갑으로 물들이고 있어.

---

48 첫아이 네드 출생 5년 후인 1866년에 태어난 수전과 오스틴의 딸이자 디킨슨의 두 번째 조카.
49 찰스 디킨스의 소설 『작은 도릿(Little Dorrit)』의 등장인물 매기를 언급하는 것으로 보이지만 확실하지 않다.
50 1873년 여름 수전은 두 아이를 데리고 매사추세츠 스왐프스콧에 있는 오빠의 집을 방문 중이었다.

나를 가끔 그리워해 주렴, 사랑하는 친구야—자주는 말
고, 드물게 마음이 동할 때.

에밀리.

우리는 느리게 그 신비를 건너가지

(1883년 10월 초)

수에게 ─

불멸의 삶에 대한 환상이 충족되었단다 ─

최후에 얼마나 간단히 통찰이 찾아오는지! 바다가 아니라 여행객이 우리를 놀라게 함을 깨닫지.

길버트[51]는 비밀을 즐거워했지 ─

그 아이의 삶은 비밀과 함께 박동했어 ─ 그 아이는 위협적인 눈빛으로 "에밀리 고모, 말하면 안 돼요!"라고 소리치곤 했지. 지금 하늘로 올라간 나의 소꿉친구는 나를 가르쳐 주어야만 해. 수다쟁이 지도자여, 당신에게 이르는 길을 나에게 알려 주오!

---

51 수전과 오스틴의 세 번째 자녀로 8세가 되던 해 장티푸스로 사망한다. 디킨슨은 조카의 죽음 직후 이 편지를 썼다.

그 아이는 도대체 헛되이 보내는 순간이 없었어 —그 아이의 삶은 축복으로 가득했어 —데르비시 장난감[52]도 그 아이만큼 격렬하진 않았지 —

어떤 초승달도 그 피조물에 비할 수 없었어 —그는 보름달에서 여행을 떠나왔으니 —

그렇게 솟구쳐 올라서, 결코 내려앉는 법이 없었어 —

나는 별들 가운데 그 아이를 본단다. 날아가는 모든 것에서 그 아이의 귀여운 속도를 만나지 —그 애의 삶은 마치 나팔과도 같았어. 스스로를 연주하는. 그 아이의 비가는 메아리였고 —그 아이의 장송곡은 황홀경이었지 —

새벽과 자오선이 하나가 되었어.

그 아이가 왜 기다리려 할까, 밤을 빼앗겨, 우리를 위해 남겨두고 갔는데도 —

추측할 것 없이, 우리의 작은 아이아스[53]가 온 하늘을 채우는구나 —

빛의 랑데부로 향하는 당신의 길
우리에게 말고는 고통이 없네 —

---

52 아이들이 가지고 노는 팽이 모양의 장난감을 일컫는다. 데르비시의 수도사들이 의식을 치를 때 추는, 격렬하게 회전하는 춤에서 착안된 이름이다.
53 그리스 신화 속 트로이 전쟁의 용맹한 영웅의 이름.

우리는 느리게 그 신비를 건너가지
당신이 뛰어넘어 버린 그것을!

에밀리.

태양의 회고록

(1884년경)

나는 그게 배반이라고 생각하지 않는단다, 사랑하는 친구
야—내 책장을 네 것처럼 살펴보렴, 오히려 더 아낌없이—
그 대단한 책[54]이 마침내 출간된다는 것이 믿기지 않아.
마치 정오가 지난 후—태양의 회고록과도 같을 거야.
너도 기억하지. 그가 하나의 주제를 날쌔게 휘어잡아 다
시 내팽개치던 방식을. 그럼 다른 누군가가 재빨리 낚아채 얼
떨떨하게 그의 뒷모습만 쳐다보곤 했지. 그때 그의 눈동자를
활보하던 그 의기양양함을 누구도 따라 할 수 없었어—

---

54 수전은 새뮤얼 볼스(Samuel Bowles)의 전기를 집필 중이던 저자 메리엄
(George S. Merriam)으로부터 생전에 볼스에게서 받은 편지들을 볼 수 있게 해
달라는 부탁을 받는다. 수전은 그와 더불어 전기 작업에 참고할 만한 자료로 볼스가
운영한 《스프링필드 리퍼블리컨》의 보스턴 통신원으로 근무한 바 있는, 워링턴으
로도 불린 윌리엄 로빈슨(William S. Robinson)이 쓴 책을 디킨슨에게 부탁한 것
으로 추정된다.

비록 거대한 바다가 잠들어도,
그것은 여전히 깊다는 사실을,
우리는 의심할 수 없네 —
어느 우유부단한 신도
그것을 내쫓으려
그 거주지에 불을 붙인 적 없네 —

워링턴의 말들을 찾고 싶은데, 몇 주간 실신할 것 같은 상
태를 겪다 보니, 내 보물들이 다 어질러져서 어디 있는지 찾을
수가 없어 — 로빈슨 씨는 혼자 남아 있었으니, 다른 이들이 없
었을 때 그 의견에 공감했을 거야 —

　기억해, 사랑하는 친구야, 단호한 승낙이 네 최선의 질문
에 대한 내 유일한 답변이라는 걸 —

흔들림 없이 —
에밀리 —

3부
새뮤얼 볼스에게

"가장 형체가 없는 것이
가장 접착성이 강하다는 건
기이한 일이에요."

　　새뮤얼 볼스(Samuel Bowles, 1826-1878)는《스프링필드 리
퍼블리컨》창립자의 아들이다. 1851년, 가업을 물려받아 편
집장 자리에 오른 볼스는 종교, 사회, 정치 등 다양한 이슈에
대한 자신의 관심과 열정, 그리고 특유의 카리스마와 추진력
을 바탕으로《스프링필드 리퍼블리컨》을 일약 뉴잉글랜드 지
역을 넘어 전국에서 가장 영향력 있는 신문의 반열에 올려놓
는다.

　　신문은 노예제 폐지를 포함한 각종 진보적 사회 개혁
운동을 적극적으로 지지했으며, 조사이아 홀랜드(Josiah G.
Holland)와 같은 당대 유명한 문인을 편집자로 영입하여 문학
분야에서도 상당한 수준의 전문성과 명성을 확보했다. 디킨슨
의 가족은《스프링필드 리퍼블리컨》을 꾸준히 구독했으며, 볼
스와 홀랜드는 디킨슨의 가족 구성원 모두와 매우 가까운 관
계를 유지했다.

　　디킨슨은 볼스를 특히 동경했다. 1858년 볼스 부부에게
보낸 첫 서신을 시작으로 디킨슨은 볼스와 평생에 걸쳐 교류
했으며, 총 50여 통의 편지가 전해진다. 특히 서른이 넘은 시인

이 이미 사교 생활에 어려움을 느끼고 가까운 지인들이 집에 방문해도 얼굴을 드러내지 않기 시작하던 1862년을 전후하여 많은 편지를 주고받았는데, 당시 디킨슨이 겪은 내면의 갈등과 혼란을 그녀가 볼스에게 보낸 편지에서 확인할 수 있다.

이 시기부터 디킨슨은 시 쓰기를 진지하게 자신의 업으로서 성찰하기 시작했는데, 디킨슨이 볼스로부터 특별한 인정을 받고 싶어 했다는 사실을 시인이 그에게 보낸 수많은 시들이 증명한다. 볼스는 디킨슨의 요청에 따라 그녀로부터 직접 전달 받은 시들은 신문에 싣지 않았다. 생전에《스프링필드 리퍼블리컨》에 발표된 네 편의 시 또한 시인이 발표를 의도한 것이 아니었다는 견해가 지배적이다.

학자들은 볼스가 디킨슨이 시를 써 나가는 데 중요한 영향을 끼쳤다는 데 동의하지만, 두 사람의 관계의 성격에 대해서는 의견이 갈린다.

새뮤얼 볼스

M.Y.W.
Grand Cañon
7.20.1925

여름이 멈추어 있어요

(1858년 8월 말경)

볼스 씨께,

작은 팸플릿 잘 받았어요. 선생님께서 제게 보내신 거라고 생각했어요, 비록 선생님의 필체가 익숙하지는 않지만——제가 착각한 것일 수도 있어요.

제 추측이 맞다면, 감사드립니다. 아니었대도 여전히 감사드려요. 덕분에 오늘 밤 선생님의 안부와 다른 네 명의 가족, 어머니 메리와 작은 '메리', 샐리와 샘의 건강을 다정하게 물을 수 있는 기발한 핑계를 찾았으니까요. 모든 일에 활력이 넘치기를 빌어요. 그 탁월함도 여전하기를. 도자기 같은 삶을 사는 누군가는 모든 것이 잘되고 있다고 확인하고 싶어 하지요. 부서진 그릇 더미 속에서 자신의 희망을 마주치지 않기 위해.

제 친구들은 저의 '재산'이에요. 그러니 그것들을 비축해 두려는 저의 탐욕을 부디 용서해 주세요! 사람들은 제게 친구들로는 부족했다고 말해요. 황금에 대해 다른 의견을 가진 사람들이죠. 그 부분에 대해서는 잘 모르겠어요. 하나님은 우리처럼 경계심이 많지는 않은 것 같아요. 그게 아니라면 우리가 자신을 잊을까 두려워 우리에게 친구를 주지 않으실 테니까요. 이따금씩 덤불 속에 있는 천국의 매력이 손에 들고 있는 천국을 능가할까 걱정도 되지요.

　선생님이 다녀가신 후 이곳에는 여름이 멈추어 있어요. 아무도—그러니까 남자와 여자 모두, 계절을 눈치채지 못하고 있어요. 분명히 들판은 작은 괴로움들로 찢겨 있고, 숲에서는 "애도하는 이들이 방황하고" 있어요. 하지만 우리와는 상관없는 일이에요. 우리에게는 위풍당당한 부활만으로 충분하니까요! 성직자들이 말하는 바로 판단컨대, 특별한 예우예요! '자연의 인간'[55]에게 땅벌들은 더 진화된 존재로, 새들의 향기로운 음식으로 보일 것 같아요. 하지만 저는 그 장엄한 취향을 비난할 생각이 전혀 없어요. 목사님은 우리가 '벌레'라고 말씀하세요. 이 말을 어떻게 받아들여야 할까요? "헛된—사악한 벌레"

55　자연과학을 연구하는 학자들을 일컫는 것으로 보인다. 찰스 다윈을 언급하는 것으로 해석하는 이들도 있으나, 『종의 기원』은 이 편지가 쓰이고 1년여 후인 1859년 11월에 출간되었다. 실제로 다윈의 진화론은 고정된 진리를 강요하는 억압적인 기독교적 교리와 평생 씨름해 온 디킨슨에게 사고의 전환점을 제공했다.

는 아마도 다른 종을 말하는 거겠죠.

우리가 "하나님을 보아야" 한다고 생각하시나요? '아브라함'이 하나님과 쾌적한 산책로를 거니는 모습을 상상해 보세요!

일꾼들은 올해의 두 번째 꼴을 베고 있어요. 목초 더미가 처음보다는 작아졌지만, 향은 더 강해졌어요.

저는 한 잔의 술을 증류해 제 모든 친구들에게 가지고 가겠어요. 강가, 개울, 혹은 황야 옆에서 더 이상 활기를 띠지 않는 그녀를 위해 건배할 거예요!

볼스 씨, 좋은 밤 되세요! 아침에 돌아오는 이들은 이렇게 말하죠. 물러나는 입술의 마지막 문단이 되기도 하고요. 새벽에 대한 확신은 황혼을 바꾸어 놓는답니다.

부인께 축복을, 그리고 아이들의 입술에 키스를 전합니다. 저희는 선생님을 뵙고 싶지만, "익숙한 진리들"의 반복으로부터 선생님을 자유롭게 해 드리겠습니다.

좋은 밤 되세요.
에밀리.

당신의 꽃은 천국에서부터 왔지요
(1858년 12월경)

볼스 씨께,

당신께 보내 드릴 꽃이 없어서, 제 마음을 동봉합니다. 작고, 태양에 그을려, 가끔은 절반쯤 깨져 있기도 하지만, 친구들에게는 스패니얼 강아지만큼이나 친근하게 대합니다. 당신의 꽃은 천국에서부터 왔지요. 제가 만약 그곳에 가게 된다면, 선생님께 한 손 가득 꽃을 꺾어 드릴게요.

당신께 감사한다는 말을 하고 싶은데 제 말들은 멀리서만 맴도는 것 같아요. 그러니 제 그렇게 찬 눈에서 흘러나온 은으로 된 눈물을 대신 받아 주세요. 선생님은 자주 저를 기억해 주셨지요.

제게는 힘이 없어요──저보다 더 현명한 이가, 진기한 보물로 당신의 선물에 보답할 수 있는 이가 어디 없을까요. 에밀

120

리의 손을 가득 채워 준 이의 손은 천사들이 채워 줄 것입니다!

제 연필을 부디 용서해 주세요

(1859년 4월 초)

벗에게,

선생님께,

지난번에는 얼굴을 뵙지 못했어요. 죄송합니다. 다시 돌아오실 때까지 와인을 보관해 둘까요, 아니면 '딕'에게 부탁해 그것을 보내 드릴까요? 그 와인은 지금 서재의 문 뒤에 주인 없는 꽃과 함께 놓여 있어요. 그렇게 빨리 떠나실 줄 몰랐어요 — 아, 나의 더딘 발들이여!

다시 방문하지 않으실 건가요? 친구들은 보석과 같아요. 희귀하죠. 포토시[56]를 소유한다는 건 번거로운 일이에요, 선생

---

56 포토시(Potosí)는 볼리비아의 대표적 광업 도시로 세계에서 가장 거대한 은 광산이 있다. 포토시 은광은 16세기 스페인 식민 지배하에서 개발되어 전 세계 채굴량의 60퍼센트를 차지한 적도 있다. 디킨슨의 편지나 시에서는 거대한 부 또는 보고(寶

님. 저는 그걸 경건하게 지키고 있답니다. 지금과 같은 풍요를 누리고 난 이상, 다시는 가난해질 여력이 없기 때문이지요. 스프링필드에 있는 이들의 마음이 예전보다 가벼워졌기를 바랍니다——스프링필드의 마음들에 신의 축복이 있기를!

당신께 '말'이 생기게 된 것이 행복해요. 당신이 더 튼튼해지시기를, 그래서 앞으로도 오래도록 우리를 만나러 오실 수 있기를 바랍니다.

제게는 지인이 둘 있어요, "빠른 자와 죽은 자"이죠——저는 더 많이 원해요.

제가 편지를 너무 자주 드리는 것 같아서, 많이 부끄러워요.

목소리는 수많은 들판을 건너갈 수 있을 만큼 크지 않으니, 제 연필을 부디 용서해 주세요. 제가 매일같이 떠올리는 볼스 부인께도 제 사랑을 전해 주세요.

에밀리.

庫)를 상징하는 단어로 사용된다.

Talk with prudence to a Beggar
Of "Potosi," and the mines!
Reverently, to the Hungry
Of your viands, and your wines!

Cautious, hint to any Captive
You have passed enfranchised feet!
Anecdotes of air, in Dungeons
Have sometimes proved deadly sweet!

걸인에게는 신중하게 말하세요.
'포토시'에 관해, 그리고 광산에 관해!
굶주린 이들에게는, 경건하게 말하세요.
당신의 진수성찬에 관해, 그리고 와인에 관해!

포획된 이들에게는 조심스러운 암시만 하세요.
당신이 자유인이 되었다는 걸!
하늘의 일화는, 지하감옥에서
때로는 치명적으로 달콤하니까!

여전히 간절한 눈은

(1860년경)

제게는 그걸 설명할 방법이 없네요, 볼스 씨.

두 명이 헤엄치며 돛대 위에서 안간힘을 썼네
아침 해가 뜰 때까지.
그때 한 명이 미소 지으며 육지로 눈을 돌렸네—
아 신이시여! 다른 이는 어떻게 되었나요!
길 잃은 배들이—지나가며, 흘끗 보았네
물 위에 실려 떠도는 한 얼굴을,
죽음 속에서, 여전히 간절한 눈은, 치켜 올라가 있고,
애원하는—손은—내팽개쳐진 채로![57]

---

57 이 편지와 관련한 자세한 사연은 밝혀진 바 없으나, 비슷한 시기에 쓰인 다른 편지
    들을 감안하면 당시 디킨슨이 심각한 내적 동요를 겪고 있었음을 짐작할 수 있다.

제게는 친구가 얼마 없어요

(1860년 8월 초)

볼스 씨께,

많이 부끄럽습니다. 오늘 밤 제가 잘못했어요. 먼지 속으로 사라져 버리고 싶은 지경이에요. 제가 더 이상 당신의 다정한 친구가 아닌 짐 크로 부인[58]이 될까 두렵습니다.

제가 여인들을 향해 웃은 것 미안합니다.

사실, 저는 프라이 부인과 나이팅게일 양과 같은 경건한 분들을 존경해요. 다시는 결코 경솔하게 행동하지 않겠습니다. 이제는 제발 저를 용서해 주세요: 작은 쌀먹이새를 다시 한 번 소중히 여겨 주세요!

---

58 짐 크로(Jim Crow)는 19세기 미국에서 유행한 민스트럴쇼의 흑인 캐릭터인데, 피부를 검게 칠하고 흑인으로 분장한 백인이 흑인 농장 일꾼을 희화화한 연기로 백인 관객의 인기를 끌었다.

제게는 친구가 얼마 없어요. 손가락으로 셀 수 있을 정도
예요—그렇게 해도 손가락이 남죠.

선생님을 뵙는 일은 뛸 듯이 즐거워요—선생님의 방문
은 아주 드문 일이니까요. 그렇지 않을 때는 저는 더 신중하게
행동해 왔어요.

좋은 밤 되세요. 신은 저를 용서해 주실 거에요—선생님
도 노력해 주시겠어요?

에밀리.

당신에게 말해야 했던 것들

(1862년 초)

신성한 호칭은—나의 것!

징표가 없는—아내!

나에게 부여된—첨예한 지위—

갈보리의 여제!

왕관은 없지만—왕의 위엄을 지닌!

넋 나가지 않은—약혼자

하나님은 우리에게 여자를 보내 주지—

당신이—각종 석류석과—각종 황금을—

거머쥘 때—

그들은 태어나—신부가 되고—수의를 입지—

순식간에—

"내 남편"—이라고 여자들은 말하지

감미로운 선율로—

이것이 ─ 그 길인가?

이것이 ─ 내가 "당신에게 말해야" 했던 것들이에요 ─
다른 이에게 말하지 않으시겠지요? 명예 ─ 그것은
스스로 가치를 보증하니까.

고통의 해협을 통과하고 있네

(1862년 초)

벗에게,

만약 잠시라도 — 나의 눈[雪][59]을 의심했다면 — 앞으로
는 결코 다시는 — 그러지 않으시리라는 걸 — 나는 알아요 —
　내가 그것을 말로 할 수 없어서 — 시 속에 담아 고정해 두
었어요 — 당신의 생각이 흔들릴 때 — 당신이 읽을 수 있도록,
왜냐하면 나와 같은 이의 발은 —

59　디킨슨은 "출판은 — 인간의 마음을 — 경매에 부치는 일"이라는 시행으로 시작하
는 시에서 눈[雪]을 작가의 명예에 비유한 바 있다. 그에 따라 이 편지는 시를 발표
할 것을 권유하는 볼스에게 거절의 의사를 표현한 것으로 해석된다. 일부 학자들은
디킨슨이 "나를 의심해 보게, 나의 둔한 동반자여"라는 문구로 시작되는 시에서 눈
을 처녀성 또는 정조에 비유한 것을 들어 이 편지가 담고 있는 은밀한 진심을 추측
하기도 한다.

고통의 해협을 통과하고 있네 ─
순교자들도 발 디딘 곳을.
유혹 위에 ─ 발을 내딛고
신을 향해 ─ 얼굴을 내밀며 ─

위엄 있게 ─ 고행하는 ─ 동반자
격렬한 발작이 ─ 무해하게 주위를
맴도네 ─ 유성의 긴 흔적이
행성의 결합에 그러하듯 ─

그들의 신념은 ─ 변치 않는 충성
그들의 기대는 ─ 온당하네 ─
북향의 ─ 바늘이 ─
극지의 하늘을 ─ 그렇게 ─ 찾아내지 ─

Publication — is the Auction

Of the Mind of Man —

Poverty — be justifying

For so foul a thing

Possibly — but We — would rather

From Our Garret go

White — unto the White Creator —

Than invest — Our Snow —

Thought belong to Him who gave it —

Then — to Him Who bear

It's Corporeal illustration — sell

The Royal Air —

In the Parcel — Be the Merchant

Of the Heavenly Grace —

출판은 ― 인간의 마음을
경매에 부치는 일 ―
가난은 ― 정당화해 주겠지
그리 잔혹한 일을

아마도 ― 하지만 우리는 ― 차라리
우리의 다락방에서 하얗게
늙어 가겠네 ― 우리의 하얀 창조주를 향해 ―
우리의 눈〔雪〕을 ― 투자하느니

생각은 그것을 주신 분께 속하지 ―
그리고 ― 그것의 실질적 현현을
가능하게 하시는 그분께 ― 그
장엄한 태도를 팔지 ―

꾸러미 속에서 ― 천국의 은총의
상인이 되기를 ―

But reduce no Human Spirit

To Disgrace of Price —

하나 어떠한 인간적 정신도

가격의 오명 속으로 몰아넣지 말기를——

부족한 것을 걱정하지 마세요

(1862년 11월 중순)

벗에게,

　건강을 회복하는 것만으로—그렇게 많은 것을 베풀 수 있는 당신의 기술이—우리에게도 있었더라면, 우리는 소중한 자부심을 느꼈겠지요—우리는 그 소식을 혼자 간직하지도 못하고—재빨리 당신에게 알렸을 거예요—당신이 그것의 최종적 소유자이니까.

　살아 있는 사람 중에—진정으로 삶을 사는 사람은 얼마 없어요—그 누구도—죽음을 피하지 못한다는 건—시급하고도 중요한 일이지요. 당신은 우리에게 두려움을 느끼게 했고—우리를 있는 그대로—축복하셨으니—우리에게 더욱 안전한 평화를—주고 계시지요.

　얼마나 특별한 일인지요. 살면서 만나는 수많은 사람

들 중 힘을 발휘할 수 있는 이가 얼마 없다는 것이 ─ 우리에게 ─ 그리고 ─ 고대의 염료처럼 ─ 어떠한 흔적도 남기지 않는 ─ 어느 활기찬 종에게.

그 사소한 것들을 기억할 때마다 ─ 당신께 감사함을 느낍니다 ─ 우리는 당신이 조심해 주길 바라요 ─ 우리뿐 아니라 ─ 다른 많은 이들을 위해서. 별에 대해 설명하는 일 ─ 최고의 존재에 대해 그러하듯 쓸데없는 일이겠지요. 당신은 당신 자신의 것입니다 ─ 친구여 ─ 하지만 양도되었죠 ─ 그렇지 않나요 ─ 여기저기에 존재하는 어느 하찮은 삶에? 현혹되지 마세요 ─ 금은 ─ 살 수 있고 ─ 훈장도 ─ 살 수 있지만 ─ 영혼을 판매하는 일은 ─ 결코 일어나지 않았어요 ─

아직은 일을 시작하지 마세요. 친구만큼 터무니없는 지지를 보내는 대중은 없어요 ─ 그리고 우리는 당신의 건강이 회복되기를 기다릴 수 있어요.

게다가 ─ 고역이 아니라 생기를 북돋우는 ─ 한가로움도 있답니다.

아픔에 의한 상실 ─ 그것은 상실이었나 ─
아니면 천상의 이득이었나 ─
당신은 얻었네 무덤을 측량함으로써 ─
그리하여 ─ 태양을 측량함으로써.

친애하는 벗이여, 부족한 것을 걱정하지 마세요 ── 당신
은 생명의 영토를 소유하고 있으니까요.

에밀리.

당신의 목소리

(1862년 11월 말)

벗에게,

당신의 얼굴을 볼 수 없었네요. 저를 믿어 주세요. 당신께서 살아서 우리 곁에 돌아왔다는 사실이 여름보다도 더 반갑다는 걸. 그리고 아래층에서 들리는 당신의 목소리를 들을 수 있는 것이, 그 어떤 새가 들려주는 소식보다 더 기쁘다는 걸.

에밀리.

친구는 그 자체로 하나의 국가예요

(1862년 11월 말)

당신의 기억을 강제로 떠올리기 위해서—그 작은 배트가 필요하지는 않았어요[60]—제 기억은 그 자체로 온전하니까요—최고의 비단처럼 말이죠—하지만 당신이 오래전 흐릿한 기억으로 저를 떠올리신 건—너무했어요—제가 징표보다 더 우월한—은총을 소중하게 여겼다면 용서하세요.

제가 선생님을 뵙지 않았다는 이유로, 비니와 오스틴 오빠가 저를 나무랐어요. 그들은 제가 저의 몫을 희생했기에 자신들이 더 많이 가질 수 있었다는 걸 몰랐어요—하지만 예언자는 본래 자신이 난 마을에서는 명성을 얻지 못하는 법이니까요[61]—제 마음은 다른 모든 것들을 능가하지요—우리가

---

60 볼스가 디킨슨의 집에 방문했으나 시인이 또다시 손님 맞이하기를 거부하자, 이후 볼스가 디킨슨에게 그들이 함께 했던 게임을 떠올리게 하려고 배틀도어(배드민턴의 원형) 채를 보냈다고 전해진다. 이 편지는 그에 대한 답장이다.

아는 것이 있기에 ─우리는 다른 이들의 의심을 견딜 수 있는 것 같아요. 그들의 믿음이 성숙해질 때까지. 그러니, 친애하는 벗이여, 나를 잘 아는 이여, 저는 당신을 ─굳이 설득하려 하지 않습니다.

　제가 당신을 만나고 싶지 않았을까요? 딱새들이 찾아오고 싶지 않았을까요? 아, 믿음 없는 자들이여! 저는 당신이 살아 계신다는 소식에 기쁘다고 말했어요 ─이 말이 반복을 감당할 수 있을까요? 어떤 구절들은 시들어 버리기에는 너무나도 훌륭해요 ─빛은 그것들을 더 명확하게 해 줄 뿐이에요 ─우리에게는, 당신의 부재만큼이나 거대하게 느껴진 부재는 없었을 거예요 ─그것이 큰 얼굴을 가지고 있어서인지 ─아니면 우리가 가지고 있는 화폭이 작은 건지 ─우리는 알 필요가 없지요 ─이제 당신이 돌아왔으니까요 ─

　우리는 당신을 자주 뵙기를 소망해요 ─우리의 궁핍이 ─우리에게 그럴 자격을 주었어요 ─친구들은 그 자체로 하나의 국가예요 ─지구를 능가하는 ─

　당신이 잘 지내셨다면 ─그리고 우리의 희생으로 당신이 건강할 수 있었다면 ─그것으로 우리는 기뻐요 ─그것은 자리를 차지하기 위한 싸움[62]이 될 것이라고 ─당신이 미국을 떠

61　「마태복음」에서 예수가 자기 가족과 고향에서 배척당하자 "예언자는 자기 고향과 자기 집 밖에서는 존경을 받는다."(13장 57절)고 말했다.

나 있을 때, 우리는 서로에게 말하곤 했어요. 전쟁에서 패배하는 것이 ─얼마나 더 쉬운 일이었는지 ─이제 당신이 이곳에 계시니 ─더는 말하지 않을게요.

아마 지금쯤 ─당신은 지쳐 있겠지요 ─아주 작은 무게도 ─고단한 밧줄에게는 ─불편하니까요. 하지만 당신의 망명은 ─혹은 일식은 ─너무나도 큰 위험을 동반했었던가요, 다른 모든 친구들을 사라지게 할 정도로 ─거기에 제가 남아 있다면 기쁨일 거예요 ─

다른 이들이 ─서리 백작[63]의 명예를 내보이게 하라 ─

나 자신은 ─그의 십자가를 들어 주리니.

에밀리 ─

---

62 당시 남북전쟁의 상황을 언급하는 것으로 보인다.

63 이 2행의 시구에서 디킨슨은 볼스를 서리 백작(Henry Howard, Earl of Surrey)에 비유하는 것으로 보인다. 서리 백작은 16세기 영국 르네상스 시대의 유명한 시인이자 헨리 8세의 부인이었던 앤 불린의 사촌이었는데, 대역죄로 처형되었다.

말문은 막힌 채

(1870년 6월경)

그는 살아 있네, 오늘 아침 ─

그는 살아 있네 ─ 그리고 깨어 있네 ─

새들이 그를 위해 다시 모여들고 ─

꽃들은 ─ 그를 위해 옷을 차려입네.

벌들은 ─ 꿀로 된 빵조각에

호박색의 빵부스러기를 더해 넣지.

그를 환대하려고 ─ 나는 ─ 그저 ─

움직임뿐, 말문은 막힌 채.[64]

에밀리.

---

64 1870년 6월, 볼스 부부가 디킨슨 가족 자택에 묵었을 때 쓰인 편지로 추정된다. 이
편지는 보내지지 않은 채, 시인이 간직했던 메모들 속에서 발견되었다.

배반은 결코 당신을 모릅니다

(1874년 6월 말)

당신은 편지를 받는 일이 드물겠다는 생각이 들었어요. 왜냐하면 당신의 편지들은 너무나도 고귀해서 다른 이들을 두렵게 만드니까요—당신의 인정은 달콤하지만—그만큼이나 두려움 속에서 받아 들게 되지요—당신의 깊이가 우리에게 유죄 판결을 내릴까 봐.

당신은 우리 각자가 기억하도록 만들어요. 물이 상승을 멈춘다는 것은—이미 추락하기 시작한 것이라는 사실을. 그것이 홍수의 법칙이겠죠. 제가 당신을 마지막으로 본 날[65]은 제 인생에서 가장 새롭고도 가장 오래된 날이었어요.

부활은 한 집에 딱 한 번—맨 처음에만—올 수 있어요. 그렇게 우리를 이끌어 준 것을 고맙게 생각해요.

---

65 디킨슨의 부친인 에드워드 디킨슨이 1974년 6월 16일에 사망했고, 볼스가 장례식에 참석해서 디킨슨의 가족들을 위로했다.

친애하는 벗이여, 항상 돌아와 주시길, 그리고 떠나는 것은 삼가 주시길. 당신은 잊히기를 원하지 않는다고 말씀하셨죠. 그렇게 된다 하더라도, 돌아와 주시겠어요? 배반은 결코 당신을 모릅니다.

아버지의 초상
(1874년 10월 말)

벗에게,

종이가 헤매고 있어 그 위에 제 이름을 쓸 수가 없어요. 대신 제 아버지의 초상을 보내 드립니다.

여름이 가을로 기울어져 가는데,
우리는 "올가을"보다는
"올여름"이라고 말하려고 하네. 태양을
쫓아 버리지 않으려고.

그리고 모욕이라 여기네.
우리가 사랑했던 사람이 아닌,
다른 이의 존재를 인정하는 걸.

그가 얼마나 사랑스럽든.

그렇게 우리는 회피하지
인생의 수직 내리막길
겁먹고 에둘러 가려는
이들에게 세월의 비난을 가하는 일을.

소심함

(1876년경)

소심한 습관으로 인해 우리는 홍수가 나면 강과 작별하
죠. 우리가 자주 놀곤 했던 바로 그 물줄기인데도.

에밀리.

아버지의 기일에

(1877년경)

볼스 씨께,

그 자체로 하나의 꽃인 당신의 편지가 오늘 밤에서야 도착했어요.[66]

편지가 지체되어서 오히려 다행이에요. 제 마음은 하나씩 담기에도 벅차니까요.

에밀리.

---

66 볼스가 매년 시인의 아버지 기일에 맞춰 꽃을 보낸 것에 대한 답장. 볼스의 편지가 꽃보다 나중에 도착한 것으로 추정된다.

가까우면서도, 먼

(1875년 봄)

벗에게,

당신을 볼 수 있어서 너무나도 기분이 좋았어요 ─ 제철
이 되기 전의 복숭아, 그것은 모든 계절을 가능하게 하고 모든
기후들을 ─ 그저 변덕으로 만들어 버려요.

『천일야화』의 절제된 표현들을 질책하는 우리는 그 이야
기가 전부 사기라고 생각하는 진부한 총명함에서 탈출하지요.

우리는 당신의 선명한 얼굴과 줄기찬 억양을 그리워했어
요. 당신이 누미디아에 있는 유랑지에서부터 가져온 그것 말
이에요.

당신의 귀환은 우리 모두가 걸치고 있지만 아무도 소유하
지 않는 그 기이한 인생의 장신구들을 하나로 새롭게 결합시
켜요. 그리고 당신의 영속하는 광채가 우리를 놀라게 하죠. 보

석들은 도망가니까 ─ 많은 이들이 소유한 인생이 ─ 당신의
아름다운 말들 속에서 ─ 편히 쉬기를,
　　당신의 목소리는 우리 모두의 궁전이에요. "가까우면서
도, 먼."

　　　　　　　　　　　　　　　　　　　　에밀리.

　　우리가 죽으면, 우리를 위해 와 주시겠어요, 아버지를 위
해 당신이 그랬던 것처럼?
　　"죽기 위해" 당신은 "태어나지 않았으니", 당신은 우리 모
두를 되돌려 놓아야 해요.

믿는 만큼 의심하며

(1877년경)

벗에게,

당신은 낙원에서 가장 승리에 찬 얼굴을 하고 계시네요[67]
―아마도 당신이 최후의 순간이 아니라 이미 그곳에 꾸준히
살고 계시기 때문일 거예요―

    우리는 매장하지―우리 자신을―다정하게 조롱하
며
    먼지의 경로―그것을 일단 깨달은 자는―
    종교의 위안을 무효화하네
    믿는 만큼이나 열렬하게―의심하며.

67   볼스가 자신의 사진을 보내 준 것에 대한 답장이다.

어떠한 죽음도 없네

(1877년경)

벗에게,

비니가 우연히 당신이 '데오빌로'와 '유니우스'라는 이름 사이에서 망설였다고 말해 주었어요.

다음에 오실 때, 당신이 그랬었다고 인정해 주시는 다정한 호의를 베풀어 주시겠어요?

당신이 떠나자마자 그 방으로 갔어요, 당신이 계셨다는 걸 확인하기 위해——「시편」의 작가들이 신을 위해 지은 소네트를 떠올리면서. 이렇게 시작하죠——

　나에게 주어진 삶은 이것뿐

　여기서 살아가는 것뿐——

　어떠한 죽음도 없네——

그곳에서 내쫓기는 것 외에는.
다가올 세상과의 인연도
새로운 행동도 없지
당신에 대한 사랑
그 범위를 통하지 않고서는.

가장 형체가 없는 것이 가장 접착성이 강하다는 건 기이
한 일이에요.

당신의 '악동'[68]
형용사는 치워 버렸답니다.

---

68 스프링필드에서 와 자신이 방문했는데도 나타나지 않는 디킨슨을 향해 볼스가 "당
   장 내려오시오, 망할 악동이여!"라고 소리쳤다고 전해진다. 이 편지는 그에 대한 답
   장으로 보인다. 볼스는 1년 후인 1878년 1월 사망한다.

4부
홀랜드 부인에게

"인생은 가장 뛰어난 비밀이죠.
그 비밀이 유지되는 한,
우리는 모두 속삭여야만 해요."

엘리자베스 채핀 홀랜드(Elizabeth Chapin Holland, 1823-1896)
는 볼스와 함께《스프링필드 리퍼블리컨》을 운영한 조사이아
홀랜드 박사의 부인으로, 남편을 통해 1853년 디킨슨과 처음
인연을 맺게 된다. 부부가 모두 디킨슨과 가까웠지만, 특히 부
인인 엘리자베스가 디킨슨과 평생 돈독한 우정을 나누었다.

진솔하고 지혜로운 안목을 지닌 것으로 평가되는 홀랜드
부인은 스프링필드와 뉴욕 등지를 오가며 살았고 애머스트에
는 가끔씩 방문하는 정도였지만, 시인과 수차례 편지로 소통
하며 디킨슨의 주변 사람들 중 말년까지 가장 안정되고 친밀
한 관계를 유지했다. 디킨슨은 홀랜드 부인에게도 이따금 시
를 보냈지만, 디킨슨에게 홀랜드 부인은 예술적 동지라기보다
는 삶의 동반자에 가까웠다고 할 수 있다.

디킨슨은 20대 때부터 죽기 전까지 총 90통 이상의 편지
를 홀랜드 부인에게 보낸 것으로 알려졌다. 주로 정원, 요리, 책
등 소소한 일상에 관한 이야기를 나누거나 가족과 주변의 소식
을 전했다. 디킨슨은 때로 가까운 친구에게만 이야기할 수 있
는 비밀 또는 자신의 은둔적 성향이나 내면의 영적 갈등에 대

한 진지한 고민을 홀랜드 부인에게 털어놓기도 했다. '자매'라
고 부를 정도로 각별하게 생각했던 홀랜드 부인에게 디킨슨이
보낸 편지는 디킨슨의 삶에 일어난 중요한 사건들과 당시 시인
이 느꼈던 내밀한 감정들을 들여다볼 수 있게 해 준다.

엘리자베스 채핀 홀랜드

새로운 길들 위에서

(1855년 3월 18일, 필라델피아에서)

친애하는 홀랜드 부인과 미니, 그리고 홀랜드 박사님께 — 편지를 쓰기 위해, 여러분께 사랑을 전하기 위해 사람들 사이에서 빠져나왔어요.

저는 지금 집에 있지 않아요 — 오늘로 5주째 집을 떠나 있는 상태예요. 당분간은 매사추세츠로 돌아갈 계획이 없답니다. 비니는 저와 함께 여행 중이고, 많은 새로운 길들을 함께 방랑하고 있어요.

워싱턴에는 아버지가 계시는 3주간 머물렀고, 필라델피아에서는 2주째 머무르고 있어요. 많은 즐거운 시간들을 보냈고, 많은 아름다운 것들을 구경했고, 또 많은 놀라운 것들을 들었어요. 많은 다정한 숙녀들과 기품 있는 신사들께서 우리의 손을 잡아 이끌어 주었고 우리를 향해 유쾌하게 웃어 주었어요 — 지금까지는 우리의 여정에 태양이 더 밝게 비춰 주었답니다.

　제가 본 것들—그 우아함, 그 웅장함—에 대해서는 말 씀드리지 않을게요. 부인께서는 지체 높은 부부가 걸친 다이 아몬드의 가치에 대해 궁금해하지 않으실 테니까요. 하지만 근사한 마운트버넌[69]에 가 본 적이 없으시다면, 어느 온화한 봄날, 우리가 색칠된 보트를 타고 포토맥강을 활주해 내려가 서 해변가에 뛰어내린 이야기를 해 드릴게요—조지 워싱턴 장군의 무덤에 도달할 때까지 우리가 어떻게 서로의 손을 잡 고 복잡하게 얽혀 있는 길을 조심스레 이동했는지, 우리가 어 떻게 무덤 옆에서 발길을 멈췄는지도. 거기서는 아무도 말을 안 했어요. 그러고 나서 우리는 손을 잡고 다시 발걸음을 옮겼 어요. 대리석의 사연에도 불구하고 침착함이나 분별력을 잃지 않은 채. 그리고 우리는 문 안으로 들어갔어요—그가 마지막 으로 집에 왔을 때 들어 올렸을 그 걸쇠를 들어 올리면서—그 가 이후 더 밝게 빛이 비치는 쪽문도 지나갔다는 사실에 빛 가 운데 있는 분에게 감사했어요! 아, 그리고 부인을 지치게 하지 만 않는다면, 저는 마운트버넌에 대해 온종일 얘기할 수도 있 어요—언젠가 그렇게 할게요. 우리가 살아서 만나게 된다면, 그리고 그럴 수 있도록 신이 허락하신다면!

69　버지니아주에 위치한 미국의 초대 대통령 조지 워싱턴의 사유지 저택으로 워싱턴 부부의 가족 무덤이 있다.

너무 오래 떠나 있어서, 부인께서 우리를 모두 잊어버리신 건 아닌지요. 아니길 바랍니다─집을 떠난 후 편지를 쓰려고 부단히 노력했지만, 매 순간이 쏜살같이 바쁘게 날아가 버렸어요. 좀 덜 바쁜 날도 분명 있었지요. 그 점에 대해서는 용서를 구할게요. 부인께서 저를 용서하지 않으실 거라는 생각은 하지 않았어요. 지금은 너무 늦었나요? 부인께서 화가 나셨다 할지라도, 저는 부인을 위해 계속 기도할 거예요. 부인께서 지겨워져, 저를 받아들여 주실 때까지.

우리가 스프링필드에 방문한 것이 오래전처럼 느껴져요. 미니와 아령들에 대한 기억도─그만큼이나─흐릿해요. 때로는 제가 꿈을 꾼 것은 아닐까 의문이 들 정도예요─아니면 지금 꿈을 꾸고 있는 건가, 아니면 항상 꿈을 꿔 왔던 것인가, 그렇다면 이 세계와 내 삶을 다 바쳐도 모자랄 이 사랑스러운 벗들이 존재하지 않는 것인가 하고. 신께 감사드려요. 이 세계가 존재한다는 것, 그리고 사랑하는 벗들이 저 세상에 있는 집에서 영원토록 거주하리라는 것. 제 말이 점점 앞뒤가 안 맞는 것이 우려되지만, 친구들을 만나는 일은 시간을 잊고 사리 분별을 못 할 정도로 저를 기쁘게 한답니다.

제 소중한 벗이여, 제가 집에 당도해서 다시 분별력을 되찾을 때까지 저를 잊지 않으신다면, 제가 다시, 더욱 제대로 된 편지를 쓰겠습니다. 행복하게 잘 지내고 계시냐고 왜 더 일찍 여쭤보지 않았을까요?

잘 깜빡하는,

에밀리.

'시간과 분별력'에 대해서
(1856년 8월 초)

친애하는 홀랜드 부인, 이건 비밀인데, 저는 불경한지라 가끔씩만 성경을 읽는답니다. 그런데 오늘 성경을 읽다가 이런 구절을 발견했어요. 친구들이 "더 이상 나가지 아니해야"[70] 하는 상황이었는데, "아무도 눈물을"[71] 흘리지 않았어요. 그리고는 오늘 밤 책상에 앉아서 소망했어요. 우리가 ─이곳이 아닌─그곳에 있기를, 그리고 그 세계가 이미 시작되었기를. 그것이 희망을 갖게 하죠. 부인께 편지를 쓰는 대신 제가 부인 곁에 있기를, 그곳에는 유쾌하게 수다를 떨고 있지만 여전히 우리를 방해하지 않는 "14만 4000명"[72]의 사람들이 있어요. 심지

---

70 「요한계시록」, 3장 12절. 천국에 들어가면 '성전의 기둥'이 되어 천국에서 다시 나가지 않는다는 데에 비유한 표현이다.

71 「요한계시록」, 21장 4절. 하늘나라는 슬픔이 없는 상태라는 비유다.

72 「요한계시록」, 14장 3절. 수비학(數秘學)이 발달한 히브리 문화에서 14만 4000은 열두 지파(12)와 열두 제자(12), 그리고 가득 찼다는 뜻의 1000을 곱한 수로서 하

어 선한 자의 글에 등장하는 그 낙원에 제 자리를 차지하고, 영원히 지금부터 새로 시작하고 싶은 유혹도 살짝 들었답니다. 상상만 해도 경이롭죠. 천국에 대한 제 유일한 그림이나 정보는 거대한 푸른 하늘이에요. 제가 6월에 보았던 너른 하늘보다 더 푸르고 거대한 곳이요. 그곳에는 지금 저와 함께 있는 제 친구들이—전부가—하나하나 모두가—있어요. 함께 걷던 길에서 '작별'해서, "천국으로 낚아채진"[73] 이들이죠.

장미가 시들지 않는다면, 서리가 내리지 않는다면, 그리고 제가 깨울 방법이 없는 이들이 여기저기에서 스러지지 않는다면, 이 지상 세계 외에 또 다른 천국이라는 곳은 필요가 없었겠지요—만약 하나님이 이번 여름 이곳에 함께 계셨더라면, 그래서 제가 본 것을 같이 보셨다면—그분 또한 천국이 불필요하다고 생각하셨을 것 같아요. 하지만 무슨 일이 있어도 그분께는 절대 말하지 말아 주세요. 그분이 하신 모든 말씀에도 불구하고, 저는 그분이 망치도, 돌도, 일꾼들도 없이 우리를 위해 지으신 그곳을 직접 보고 싶거든요. 친애하는 홀랜드 부인, 오늘 밤 저는 애정을 느낍니다—부인과, 홀랜드 박사님과, '시간과 분별력'에 대해서—그리고 시드는 것들과 시들지 않는 것들에 대해서요.

늘나라의 백성 모두를 상징한다.
73 「누가복음」 24장 51절.

166

부인께서 꽃이 아닌 게 얼마나 다행인지요. 제 정원에 있는 것들은 시들어 버리거든요. 그러고는 "죽음이라는 이름의 추수꾼"[74]이 찾아와서 자신을 위한 꽃다발을 만드는 데 쓸 것들을 꺾어 가 버렸죠. 부인께서 장미가 아니어서 다행입니다—벌이 아닌 것도 다행입니다. 여름이 끝나고 벌들이 어디로 가 버리는지는 오로지 백리향만이 알고 있으니까요. 부인이 개똥지빠귀였더라면, 서풍이 찾아올 때, 당신은 제게 멋지게 눈인사를 하고는, 떠나 버리겠지요. 어느 날 아침에!

그러므로 "다정한 홀랜드 부인"인 당신을 저는 가장 사랑하고, 이 앙증맞은 여성이 우리가 기거할 때 그 아래에서 기거하리라는 것을 믿습니다. 그리고 놀랍게도 우리가 새로운 땅을 찾아 나설 때, 그녀의 애석해하는 얼굴이, 우리의 얼굴과 함께, 가장 마지막까지 언덕을 지켜보고 또 가장 먼저 알아볼 것입니다—집을!

이 미친 세계에서, 온전한 제 정신을 이해해 주세요, 홀랜드 부인. 그리고 부디 저를 사랑해 주세요. 저는 지상의 왕이나 천국의 군주로 불리느니 차라리 사랑을 받는 존재가 되고 싶으니까요.

다정한 편지 감사해요—목회자분들은 잘 계십니다. 그

---

74 롱펠로의 시 「추수꾼과 꽃(The Reaper and the Flowers)」의 첫 행.

분들께 얻은 파편들을 지니고 다니는 게 저한테 좋을 것 같아요. 이 종이에 부인과 홀랜드 박사님을 위한 키스를 남깁니다─뺨이었으면 더 좋았으련만.

애정을 담아,

에밀리.

추신. 쌀먹이새들은 사라져 버렸어요.

시

I never saw a moor,

I never saw the sea —

Yet know I how the heather looks,

And what a wave must be —

I never spoke with God,

Nor visited in Heaven —

Yet certain am I of the spot

As if the chart were given —

나는 황야를 본 적도,
바다를 본 적도 없네 —
하지만 나는 알지 야생화가 어떻게 생겼는지,
물결이 어떤 모습인지 —

나는 신과 이야기 나눈 적도,
천국을 가 본 적도 없네 —
하지만 나는 확신하지 그 장소를
마치 지도가 주어진 듯이 —

설거지까지 하고 있어요

(1865년 11월 초)

친애하는 자매에게,

아버지가 저희를 불러 우리가 가지고 있는 대저울이 잘 못되었다고 말씀하셨어요. 정직한 이들이 재는 무게보다 1온 스가 더 나간다고 하시면서요. 아버지는 귀리를 판매하셨거든 요. 비록 한 시간 전 일이지만, 대저울마저도 진실을 말해 주지 않으려 한다는 사실에 저는 웃음을 멈출 수가 없어요.

저는 마거릿[75] 대신 그릇을 치우는 일뿐만 아니라 설거지 까지 하고 있어요. 그녀는 지금 롤러 부인이 되어 네 명의 전처 자식들을 위해 아빠 몫을 대신 하고 있죠. 이보다 더 걸맞은 신

---

75 마거릿 오브라이언(Margaret O'Brien). 1850년대 중반부터 약 10년간 디킨슨 가족을 위해 일했던 아일랜드 출신의 가정부. 디킨슨이 이 편지를 쓴 것은 마거릿이 스티븐 롤러라는 이와 결혼한 직후였다.

부가 있을까요?

서는 그녀를 잃고 당혹스러워하고 있어요. 저는 그녀를 곁에 두는 것에 익숙해져 있었거든요. 새로 들인 밀대마저도 당황스러운 구석이 있어요. 하지만 마음은 괴로움 말고는 모든 것들에 금세 적응하니까요.

벌써 11월이에요. 정오는 간결해졌고, 일몰은 더욱 근엄해졌어요. 지브롤터의 빛은 마을을 낯설어 보이게 만들죠. 1년 중에서도 11월은 제게 언제나 노르웨이처럼 느껴졌어요. 수전은 지난 월요일 오전, 아이를 얼음 둥지에 두고 온 언니[76]와 함께 머물고 있어요. 경이로운 하나님! 죽음이 나타나는 곳에서는, 하나님이 자주 부르신다는 걸, 죽음이 다가오는 걸 방해하고 싶게 만드신다는 걸 저는 알아요.

벗이 곤경에 처해 있다[77]는 사실을 신문에서 알게 되는 건 고달픈 일이에요. 바다 어디쯤에 있는지도 모르는 채 말이죠. 오로지 그가 뭍으로 오고 있다는 사실만을 알게 되었죠. 이런 것들을 대변해 줄 목소리는 없는 건가요? 오늘날에 사랑은 어디에 있나요?

---

76 수전의 언니 마사 길버트는 이즈음 두 살 난 딸아이를 잃었다.

77 디킨슨 시 전집과 서간 전집을 편찬한 토머스 존슨(Thomas J. Johnson)은 "곤경에 처해 있다(failing)"라는 표현을 "항해 중이다(sailing)"라는 단어의 인쇄상의 오류로 파악한다. 실제로 《스프링필드 리퍼블리컨》은 10월 28일 샌프란시스코를 출항한 새뮤얼 볼스가 곧 귀환한다는 소식을 전했다.

홀랜드 박사님께 오늘 우리가 낯선 억양으로 그분에 대해 이야기 나눴다고 전해 주세요. 전에 없던 막대한 거래[78]에 참견하면서요. 우리가 아끼는 자매를 위해 차분히 숨을 들이마시는 것도 잊지 않았어요. 죽음보다 더 예리한 것은 죽어 가는 이를 위한 죽음이지요.

편해지거나 여유가 생길 때, 이 소식들이 위안이 될 거예요.

에밀리.

---

78 홀랜드 박사가 쓴 『에이브러햄 링컨의 일생』이 당시 독일어로 번역되고 있었다.

인생은 가장 뛰어난 비밀이죠

(1870년 10월 초)

제가 그 편지를 지금 보내지는 않을 것 같아요. 마음은 언제나 새로운 곳이라, 지난밤 일은 이미 낡은 것처럼 느껴지니까요.

친애하는 자매여, 아마 당신은 제가 당신과 함께 사랑의 도주를 하고 싶어 했다고, 포악한 어떤 아버지를 두려워했다고 생각했겠지요.

하지만 그건 아니었어요.

신문들은 홀랜드 박사님이 주로 뉴욕에 계신다고 여기는 것 같아요. 그러면 누가 부인께 글을 읽어 주시나요? 분명, 채프먼 씨 아니면 버킹엄 씨겠지요! 박사님의 다정한 답장은 저를 부끄럽게 만들어요.

인생은 가장 뛰어난 비밀이죠.

그 비밀이 유지되는 한, 우리는 모두 속삭여야만 해요.

그 숭고한 예외를 제외한다면 제게는 숨기는 것이 없었답니다.

부인을 만나 뵐 수 있어서 행복했고, 조만간 다시 그럴 날이 오길 바랍니다. 이 사랑스러운 우연들은 꼭 더 자주 일어나야 해요.

우리는 9월을 통과했는데 제 꽃들은 6월처럼 선명해요. 애머스트는 에덴을 향해 가 버렸어요.

눈을 감는 일은 여행과 같아요.

계절들은 이걸 이해하고 있지요.

물건이 되는 것은 얼마나 외로운 일인지! 제 말은—영혼이 없다는 걸 뜻해요.

지난밤 사과 하나가 떨어졌고, 어느 마차가 멈춰 섰어요.

추측건대 마차가 사과를 먹어 버리고 다시 가던 길을 떠난 것 같아요.

이야기를 나눈다는 것은 얼마나 좋은 일인지.

소식은 얼마나 기적 같은지!

비스마르크[79]가 아닌 우리 자신들에 관해서요.

우리가 사는 삶은 매우 훌륭하네.

---

79 당시 프로이센-프랑스 전쟁이 한창이었으며, 프로이센의 수상 오토 폰 비스마르크 (1815-1898)에 관한 소식이 연일 신문 지면을 장식하고 있었다.

우리가 보게 될 삶은
그것을 능가한다는 걸, 우리는 알지, 왜냐하면
그것은 무한하니까.
하지만 온 우주가 지켜봄을 당하고
모든 영토가 드러나면
가장 비좁은 인간 마음의 영역이
그것을 아무것도 아닌 걸로 축소해 버리지.

박사님과 따님들께 제 사랑을 전해 주세요.
테드는 제가 누군지 모를 수도 있겠네요.

에밀리.

울타리가 유일한 피난처예요

(1871년 1월 초)

신경 써서 챙겨 주신 사탕에 제가 고마움을 표하지 않았다는 걱정이 들었어요.

제가 고마움을 표시했다고 말씀해 주심으로써 제 걱정을 사려 깊게 떨쳐 주시겠어요?

너그러운 나의 자매여!

골무[80]가 집에 도착할 때까지 잘 보호하고 있겠습니다─심지어 골무마저도 자기의 둥지가 있네요!

제가 몰래 전해 주려던 이별이 결국에는 꽤 큰 무리가 되고 말았어요! 울타리가 유일한 피난처예요. 아무도 그것을 침범하지 않아요. 아무도 그것을 의심하지 않으니까요.

왜 도둑은 온갖 달콤함을 동반하고 있는지 다윈은 우리에

---

80 홀랜드 부인이 디킨슨의 집에 방문했을 때 두고 간 것으로 알려져 있다.

게 말해 주지 않아요.

만료된 비밀들은 후계자를 남겨 두어, 여전히 정신을 흩뜨려 놓죠.

우리의 미완성의 대담은 마치 꿈의 천 조각처럼 다른 직물들의 가치를 떨어뜨려요.

가장 소중한 소유는 가장 덜 소유한 것에 있답니다.

도취를 위해 치르는 웅장한 가격은 그분의 가치에 불과해요 —

우리가 그것을 위해 그분을 팔아넘길까요? 이 모든 게 그분의 시험이에요.

눈을 모욕하지 말아요 —

하찮은 폭군들이 가장 형편없게 통치하지요.

비니는 월요일에 떠나요 — 제가 인생과 시간과 넋을 놓고 싸우는 동안 당신의 추억을 제게 내어 주세요 —

에밀리.

안과 의사에게 탄원해 주세요

(1871년 11월 말)

친애하는 자매에게,

당신의 믿음은 당신에게 닥친 이별을 부차적인 것으로 만들어요. 당신의 목소리를 듣지 못하는 우리야말로 벌을 받았답니다—

"그분은 자신이 사랑하는 자를 벌한다."[81]라는 말은 비천한 마음에는 떨떠름한 반응만 남기는 의심스러운 위안이에요.

당신의 마지막 행동이 사법적인 것이어야만 했다는 사실이 안타깝지만, 저는 그 결과를 받아들여야겠지요.[82] 범죄자에

---

81 「히브리서」 12장 6절. 하나님은 자녀를 사랑하기 때문에 징계한다는 뜻이다.

82 홀랜드 부인은 당시 눈에 생긴 질환으로 한쪽 눈을 적출해야 하는 상태였으며, 역시 눈과 관련해 오랫동안 어려움을 겪은 시인은 공감하며 홀랜드 부인이 받은 의학적 진단을 사법적 상황에 비유한다.

게는 재판이 끝났다는 말은 거의 위안이 되지 않아요.

안과 의사에게 형벌을 줄여 달라고 애원해 주세요. 그래서 저 또한 감형을 받을 수 있도록. 분명 그는 친구가 없을 거예요. 친교를 줄이는 것이 그에게 남은 마지막 방편이라니.

이 전이되는 악의는 꼭 물러날 것입니다——당신을 새롭게 우리에게 보내 주고, 우리도 새롭게 당신에게로 갈 거예요.

생강 쿠키에 성공하셨다니 기뻐요.

부인의 상황을 제게 알려 주세요. 애정이 없어서인지는 몰라도 기계에 더 능숙한, 어느 사소한 피조물을 통해서요.

증기 기관차에는 자신을 운영할 이[83]가 생겼네요. 누가 그를 대체할지는 아직 하나님도 모르시겠지만.

에밀리.

---

83   매사추세츠 철도 위원장으로 지명된 홀랜드 부인의 지인 브리그스(Albert D. Briggs)를 언급하는 것으로 보인다. 스프링필드 시장을 역임했으며, 지역과 관련된 각종 사회 개혁 과제에 앞장선 인물이다.

가장 의기양양한 새

(1873년 초여름)

부인께서 비니에게 보여 주신 친절에 감사를 표할 방법을 궁리 중이었어요.

비니에게는 아버지와 어머니 없이 오직 저뿐이고, 제게도 부모님이 안 계시고 오로지 그 아이뿐이에요.

비니는 아주 행복한 시간을 보냈고, 우울한 감상을 가라앉히고 집에 돌아왔어요.

함께 동봉한 것은 제 감사의 표시예요.

감지할 수 없는 것은 외적인 얼굴을 가지고 있지 않다는 것을 기억하시죠.

비니는 부인께서 매우 걸출하시며 낙원에 거주하고 계신다고 말했어요. 저는 단 한 번도 낙원이 초인간적인 장소라고 생각해 본 적 없었죠.

에덴은, 언제나 가닿을 수 있는 곳, 오늘 정오는 특히 더

그렇네요. 초원이 태양과 얼마나 친밀하게 어울리는지 보셨다
면 즐거워하셨겠죠. 게다가 —

내가 이제껏 알거나 만나 본 중 가장 의기양양한 새가
오늘 잔가지 위에 올라앉았네
그리고 왕국이 세워질 때까지
나는 굶어 가며 탁월한 광경을 지켜보고
이해할 수는 없지만 친밀한 기쁨으로
노래를 불렀지
물러났다가 되돌아왔네, 그의 스쳐 지나가는 왕국
이 —
어떤 기분 좋은 우연에
최고의 영광이 들어맞을까!

목사님께서 아버지와 비니에게 "몸은 썩지만 썩지 않을
것으로 다시 살아난다."[84]라고 말씀하셨는데 — 이미 그렇게
되어 버렸으니, 그들은 그 말에 속아 넘어가겠죠.

에밀리 —

---

84 「고린도전서」 15장 42절.

그의 감옥은 얼마나 부드러운가

(1875년 1월 말)

자매여.

오늘같이 근엄한 오후는 벗을 유일한 국가로 여기는 이보다는 애국자에게 더 잘 어울리네요.

어떠한 바람이나 새의 등장도 강철의 위세를 깨뜨리지 못해요.

자연은 — 지금 — 엄격함을 낭비하고 있어요 — 자신이 사랑을 낭비했던 그곳에서.

아마도 — 꾸짖는 듯해요 — 자신이 반갑게 맞아 주었던 아가씨를.

제 집은 눈〔雪〕의 집이에요 — 진정으로 — 몇몇에게만 — 슬픈.

어머니는 서재에서 잠들어 계세요 — 비니는 — 식사실에

있고—아버지는—이회토로 만들어진 집 안—덮개로 가려
진 침상에 누워 계시지요.[85]

그의 감옥은 얼마나 부드러운가—
저 침울한 빗장들은 얼마나 달콤한가—
그 어떤 폭군도 아닌—솜털의 제왕이
그러한 휴식을 만들어 냈노라!

아버지의 확고한 빛을 생각해 봐요—그 빛은 지금 너무
나도 속절없이 꺼져 버려서, 빛날 수 있었던 만큼의 값어치를
낭비하고 있어요. "흙에서 나서 흙으로 돌아가는"[86] 것이겠지
요—하지만 이 경이로운 문장의 마지막 구절—누가 그렇게
만들었죠?

"내가 너희에게 말하노라." 아버지는 기도회에서 읊곤 했
어요, 누군가를 놀라게 할 만한 전투적인 억양으로.

제가 그 집의 첫 번째 미스터리에서 계속 방황하고 있다
면 부디 용서해 주세요.

그건 독특한 미스터리예요—모든 마음들이 경험해 본
적이 있는—그러나 이 세계에만 존재하는. 아버지의 미스터

---

85 시인의 아버지 에드워드 디킨슨이 사망한 지 6개월이 지난 후였다.
86 「창세기」 3장 19절.

리는 영혼의 고유한 첫 번째 행동이었지요.

오스틴 오빠의 가족들은 제네바[87]에 갔고, 오스틴 오빠는 저희와 4주간 함께 지냈어요. 그것은 특이하고 — 애처로운 — 태곳적 경험과 같았어요. 함께 있는 동안에도 우리는 그를 그리워했고, 그가 떠났을 때도 그를 그리워했어요.

모든 것들이 참 신기해요.

"새해 인사" 보내 주신 것 감사드려요 — 처음에는 망가진 상태로 도착했어요. 당신에게는 그것이 온전하고 흠 없이 도착했을 거라고 — 저는 믿어요.

"킹즐리"도 "아제몬"과 함께 있을 수 있게 되었어요[88] —

보내 주신 애정도 감사해요. 그것이 제가 밤마다 아버지의 서재를 지나 층계를 오를 수 있게 도와주었어요 — 저는 안전에 대해 생각하곤 했답니다. 클로버를 뽑은 그 손길[89] — 저는 그것을 찾고, 그것이 됩니다.

에밀리.

---

87 뉴욕주의 도시. 수전과 그의 형제들은 어린 나이에 부모를 잃은 후, 이곳에 있는 친척 집에서 자랐다.

88 소설가 찰스 킹즐리는 1875년 1월 23일에 사망했으며, 편지는 그 직후 쓰였다. 아제몬(Argemone)은 킹즐리의 소설 『효모(Yeast)』의 여자 주인공 이름이다.

89 아버지의 무덤에 한 번도 가지 않았던 디킨슨을 위해 홀랜드 부인이 무덤가의 클로버를 꺾어다 주었다고 한다.

나의 미인은 날개가 없네

(1880년 7월 4일과 15일)

벗에게,

어린 소년들이 이 국가의 탄생을 기념하는 동안, 저는 "글레그 이모"[90]로부터 "여름이 거의 가 버렸다."라고 쓰인 편지를 받았어요. 그래서 오늘 오후 저는 씨앗을 몇 개 골라 부인이 겨울을 맞아 떠나시기 전 이별의 인사를 전해야겠다고 생각했지요. 사람들은 이맘때에는 "여름이 멈춘다"라는 사실에 대해 말하지 않는 것 같아요. 자신들 스스로 궂은 날씨 같은 기분을 느끼는 경우가 아니면.

저는 부인께서 온도계에 대고 그것에 대한 이야기를 해

---

90 조지 엘리엇의 소설 『플로스강의 물방앗간』에 등장하는 인물. 주인공 매기의 이모로 독선적이고 허영심이 강해 매기의 가족들이 기피하는 인물이다. 디킨슨이 자신의 고모 엘리자베스를 빗댄 표현으로 알려져 있다.

주시면 좋겠어요 ─ 제가 그 책임을 직접 지고 싶지는 않아요.

아마 제가 보낸 편지를 받지 못하신 것 같아요. 아니었다
면 그 안에 있던 사소한 질문들에 답장을 보내 주셨을 테니.

"약속된 메시아 ─"에 관한 내용은 아니었어요.

날씨는 아프리카 같고, 꽃들은 아시아 같고, 당신의 "귀여
운 친구"가 가진 누미디아인의 마음은 둔하지도 냉정하지도
않지요 ─

> 낙원에 이르는 길은 단순하지,
> 그리로 가는 이는 거의 없지.
> 그것이 견고하지 않아서가 아니라
> 우리가 짐작하건대
> 움푹 파인 길이
> 더 선호되기 때문에.
> 낙원의 미인들은 얼마 없지 ─
> 나는 아니고 ─ 당신도 아닌 ─
> 뜻밖의 것들 ─
> 나의 미인은 날개가 없네.

.

.

.

제가 지체했다는 것을 눈치채셨겠죠──하지만 지난번 멈췄던 지점에서 다시 시작할게요──

며칠 전 밤, 오스틴 오빠와 저는 죽음 이후의 의식의 확장에 대한 이야기를 나누었어요. 나중에 어머니는 비니에게 그러한 대화가 "매우 부적절한" 것이라 생각한다고 말씀하셨어요. 어머니는 우리가 "옳은 것으로써 바로잡는──"[91] 나이를 넘어섰다는 것을 잊고 계세요.

오스틴 오빠가 제게 몰래 "엘리야라는 인물은 존재하지 않아."라고 말했다는 것을 아시게 된다면 뭐라고 생각하셨을지 짐작이 가지 않네요.

홀랜드 박사님은 송어 낚시를 하시며 건강을 회복하고 계시겠지요. 아침에 송어와 건강하다는 소식 그 둘을 다 만날 수 있게 된다면 좋겠네요──나의 다정한 자매에게 가장 다정한 밤 인사를 건넵니다──

---

91 「디모데후서」 3장 16절. "모든 성경은 하나님의 영감으로 된 것으로 교훈과 책망과 바르게 함과 의로 교육하기에 유익하다." 여기서 시인은 자녀들이 어머니로부터 더 이상 성경으로 훈육받을 나이가 아니라고 말한 것이다.

위대한 불멸

(1882년 11월)

걷지 못하셨던 제 사랑하는 어머니는 날아가 버리셨어요. 저희는 어머니께 사지가 없는 대신 날개가 있었다는 사실을 깨닫지 못했어요 ─ 어머니는 주인이 부른 새처럼 느닷없이 우리를 떠나 솟구쳐 버렸어요. 어머니는 몇 주간 극심한 감기를 앓고 계셨어요. 가족 모두가 감기에 걸리기는 했지만 모두 잘 회복되었는데, 어머니의 감기만 주저하는 것처럼 보였어요 ─ 하지만 어머니가 신뢰하는 의사 선생님이 곁을 지키셨는데, 선생님은 징후를 발견하지 못했음에도 어머니 본인이 갑자기 떠나야겠다고 하실 때마다 어머니를 우리에게 되돌려 주셨어요 ─ 기침이 멈추고 나서 어머니는 신경통으로 심하게 괴로워하셨어요. 우리가 생각하기에는 그것이 치명적인 결과를 가져온 것 같아요 ─ 어머니는 자신의 인생 최후의 날, 완전히 상태를 회복했고, 레모네이드 ─ 소고기 육수, 그리고 커스

터드를 열심히 드셔서 저희를 기쁘게 하셨죠.

잠을 이룰 수 없었던 밤을 보내고 나서, 어머니는 극도의 피곤을 토로하셨고, 평소보다 일찍 침대에서 의자로 옮겨지셨어요. 그때 짧은 숨을 몇 번 쉬시고는 "나를 떠나지마, 비니."라고 말씀하셨어요. 그렇게 그녀의 사랑스러운 존재는 끝을 맺었죠—우리가 너무도 오랫동안 너무나도 소중하게 아껴 왔던 그 존재가, 우리의 소박한 도움도 없이, 위대한 불멸에 들어가셨다는 것이 경악스럽고 낯설게 여겨졌어요. 하지만 우리의 참새가 이제 추락을 멈추었기를 희망해요. 처음에는 아무것도 믿어지지 않았지만—

보내 주신 사랑 감사해요—제가 누군가를 잃을 때마다 부인의 손길을 찾아야 한다는 걸 알고 있었어요—

지난봄 아버지의 무덤에서 가져다주신 클로버는 어머니의 무덤에 뿌려질 거에요—어머니는 용기를 가지기 위해 직접 제비꽃을 손에 들고 가셨어요.

애니와 케이트에게 제 안부를 전해 주세요. 제가 부인을 어머니로 둔 그들을 부러워한다고도 전해 주세요. '어머니!' 얼마나 훌륭한 이름인지!

에밀리.

The Bustle in a House
The Morning after Death
Is solemnest of industries
Enacted opon Earth—

The Sweeping up the Heart
And putting Love away
We shall not want to use again
Until Eternity —

죽음이 있고 난 다음 날 아침
집안의 분주함은
지상에서 행해지는
가장 엄숙한 업무 ─

마음을 쓸어 내고
애정을 치워 내는 일
우리가 영원에 이르기까지
다시는 사용하길 원치 않아야 하는 것들 ─

모든 존재는 그대 안에 존재하리라
(1883년 말)

다정한 자매여,

제가 부인을 이렇게 부르곤 했었나요?

기억은 잘 안 나지만, 모든 것들이 달라진 것 같아요—

어떤 단어를 써야 할지 망설여져요. 제가 취할 수 있는 단어는 몇 개 안 되는데, 그 각각의 단어 모두 최고여야만 하거든요. 하지만 떠올리죠. 이 세계에서 가장 생생한 장면조차 한 음절 안에, 아니, 한 번의 응시 안에 놓인다는 사실을—

의사 선생님은 제가 '신경 쇠약'이라고 말씀하세요.

아마 그럴 수도 있겠죠—저는 질병들의 이름을 잘 몰라요. 오랜 세월 겪어 온 슬픔의 위기가 저를 지치게 하는 전부예요—에밀리 브론테가 그녀의 창조주에게 말했듯이, 저도 제가 잃어버린 이들에게 이렇게 편지를 써요. "모든 존재는 그대

안에 존재하리라——"[92]

제가 부인께 느꼈던 다정한 실망은 그 작은 카드 덕분에 위로를 받았어요. 그것은 인간의 목소리만큼이나 크게 "더 잘" 말을 해 주었죠.

제발, 자매여, 기다려 주세요——

길버트는 의식이 혼미한 상태에서도 "문을 열어 주세요, 문을 열어 주세요, 그들이 저를 기다리고 있어요."라고 귀엽게 명령했어요. 누가 그 아이를 기다리고 있었을까요. 우리가 가진 모든 걸 바쳐서라도 알고 싶어요——비통함이 결국 문을 열게 했고, 그 아이는 할아버지 할머니의 발치에 있는 작은 무덤으로 달려갔답니다——이보다 더한 것이 존재할까요? 사랑과 죽음 이상의 것이? 그렇다면 제게 그 이름을 알려 주세요!

장미와 꽃봉오리가 하나로 합쳐진 사랑스러운 캐서린들과, 거대한 이름을 지니신 신사분과, 애니와 테드를 위해 제 사랑을 전달해 주세요. 가장 부드러운 부분은 당신께 드릴게요. 그들이 알게 될까요, 아니면 알고 나서 탐을 낼까요?

부인께서 '교회'에 가셨다는 것이 얼마나 기쁜 일인지!

제가 '장자들의 교회'[93]에 당신과 함께 가도 될까요?

---

92 에밀리 브론테(Emily Bronte)의 시 「마지막 기도(Last Lines)」 속 구절. 토머스 히긴슨(Thomas W. Higginson)이 디킨슨의 장례식에서 이 시를 낭독한 것으로 유명하다.

에밀리 ─

각자가 하나의 세계였으니까

(1884년 4월)

다정한 홀랜드 부인께 제가 또 다른 친구를 잃었다고 말씀드리면, 부인은 제가 편지를 쓰는 것이 아니라 축 처지는 음절에 제 마음을 맞춘다는 사실에 놀라지 않으시겠지요 ─ 친애하는 로드 씨[94]가 저희 곁을 떠나셨어요 ─ 짧은 의식 불명 상태 후, 미소로 그 잠을 끝맺으셨다고 그분의 질녀가 말해 주셨어요. 그는 서둘러 갈 길을 떠나셨어요. "천사들"의 "지켜봄을 당하셨다"라고 우리는 믿어요 ─ "그 깊은 비밀을 누가 알리오" ─ "아, 저는 아닙니다 ─"[95]

일부의 사람들만을 위해 흘리는 제 눈물을 용서하세요. 그 일부가 너무나도 많아요. 각자가 하나의 세계였으니까.

부인께서 지난번 보내 주신 말들은 더욱 강인하게 느껴

94 오티스 로드(Otis Lord) 판사가 1884년 3월 13일 사망했다.
95 영국의 시인 브라이언 프록터(Bryan Waller Procter)의 시 「인생(Life)」의 한 구절.

졌어요. 부인은 응당 그러했으리라는 생각에 미소가 지어졌지만, 결국에는 슬픔이 찾아와 버렸어요 ─ 부인이 사랑하는 이들은 부인 곁에 남아 있기를, 누구도 데려가지 않기를 ─ 어떤 화살도 다가오고 있거나 다가올 준비를 하고 있지 않기를 바랍니다 ─

　　이제는 텅 빈, 완전히 휴식에 든,
　　자신의 둥지를 개똥지빠귀는 잠가 두고, 날개를 펼쳐
보네.
　　행로를 알지는 못하나
　　자신의 뱃머리를 돌리지
　　소문으로 떠도는 봄들을 향해 ─
　　그 새는 정오를 바라지 않네 ─
　　그 새는 축복을 바라지도 않아,
　　빵 부스러기 없고 집도 없지만, 요청이 하나 있다
네 ─
　　바로 자기가 잃어버린 새들 ─

　　부인께서 "개똥지빠귀들과 함께 글을 써야겠다."라고 우리에게 편지 쓰셨던 걸 기억하시나요? 개똥지빠귀들은 지금 글을 쓰고 있어요, 모든 스쳐 가는 나무 속 그들 각자의 책상에서. 하지만 그들을 들을 수 없는 친구들의 마법이 그들의 편지를 흐릿하게 만드네요—

시간이 지나고—

비니가 모든 것들을 말해 주었어요—약을 먹으러 올라갔다가 내려오기를 잊어버린 일—저 스스로도 얼마나 많이 그 약들을 먹었는지, 변치 않는 이점이 있었죠! 그 말랑말랑한 분홍빛 볼, 그 골격을 살짝 움켜쥐는 일, 너무 많은 날개가 달린 은총을 확실히 붙잡아 놓기 위함이었어요—비니는 아무것도 생략하지 않았고, 저는 계속해서 이야기를 들었어요. 그 신비로운 대화는 질리지가 않았지요. 돌아올 수 없는 자들의 더듬대는 소리가 아니었기 때문일까요?

그 작은 벌집 안에
꿀의 기미가 놓여 있지
마치 현실을 꿈으로 만들어 놓은 듯
그리고 꿈을 현실로—

에밀리.

5부

T. W. 히긴슨에게

"최고의 이익은 — 손해라는
시험을 견뎌야 하네—
손해가 모여 이루는 것이—이익—"

인 물

토머스 웬트워스 히긴슨(Thomas Wentworth Higginson, 1823-
1911년)은 디킨슨이 시인으로서의 소명을 자각하는 데 큰 영향
을 미쳤으며 사후에 디킨슨의 시가 세상의 빛을 보게 하는 데
도 결정적인 역할을 한 인물이다.

히긴슨은 매사추세츠 케임브리지의 명망 있는 가문에서
태어나 하버드를 졸업한 후 유니테리언 교회의 목사가 되었
다. 남북전쟁 기간 동안에는 목사직을 관두고 대령으로 참전
해 사우스캐롤라이나와 플로리다 등에서 남부 지역의 흑인 해
방노예들로 구성된 부대를 2년간 지휘하다가 부상을 당하고
전역한다.

그는 총 500여 편의 에세이와 35권가량의 책을 남겼는데,
그중에서도 남북전쟁에 관해서 쓴 회고록 『흑인 연대에서의
군 생활(Army Life in a Black Regiment)』이 잘 알려져 있다. 열정적
이고 다양한 재능을 가진 진보적 사상가로서 히긴슨은 노예제
폐지를 주장하고 여성 참정권을 지지하는 등 각종 사회 운동
에 적극적으로 참여했다.

히긴슨은 《애틀랜틱 먼슬리》를 통해 디킨슨과 처음 인연

을 맺었다. 그는 1862년 4월 호에 열망을 가진 젊은 작가들을 위한 충고와 격려를 담은 「젊은 기고자에게 쓰는 편지(Letter to a Young Contributor)」를 게재하는데, 평소 자신의 시적 재능에 대해 전문 지식을 가진 문인의 객관적 평가와 충고를 받고 싶어 했던 32세의 디킨슨은 히긴슨의 글에 큰 자극을 받아 그에게 네 편의 시를 담은 편지를 보낸다. 세상을 향해 내딛은 디킨슨의 이 첫걸음은 영문학사의 가장 중요한 순간들 중 하나로 손꼽힌다.

첫 서신 교환 이후 시인이 죽음을 맞이한 1886까지 약 25년에 걸쳐 이어진 교류에서 디킨슨은 자신이 시적 스승으로 삼은 히긴슨에게 약 70여 통의 편지와 함께 100여 편의 시를 보냈다. 히긴슨은 디킨슨의 생전에 애머스트에 있는 자택을 두 번 방문한 것으로 전해지며, 시인의 장례식에도 참석했다. 디킨슨의 사후에는 메이블 토드(Mabel Loomis Todd)와 함께 시인이 생전에 쓴 시를 모아 디킨슨 최초의 시집을 1890년과 1891년 두 차례에 걸쳐 발간했다.

T. W. 히긴슨

시가 숨을 쉰다고 생각하신다면

(1862년 4월 15일)

히긴슨 씨께,

제 시가 살아 있는지 말해 주시기에는 너무 바쁘신가
요—

마음은 그 자신에 너무나 가까이 있어—뚜렷이, 스스로
를 볼 수가 없어요—제게는 물어볼 사람도 없답니다.

제 시가 숨을 쉰다고 생각하신다면—그리고 제게 답장
을 해 주실 여유가 되신다면, 저는 즉시 감사함을 느낄 것입니
다—

만약 제가 실수를 했다면—그걸 제게 과감히 말씀해 주
신다면—저는 더욱 진정한 존경심을 가질 것입니다—선생
님을 향해—

제 이름을 동봉하면서—선생님께, 부탁드립니다—부

디—진실을 말씀해 주시기를.

　선생님이 저를 배반하시지 않으리라는 것은—여쭤볼 필
요가 없겠지요—명예는 스스로의 가치를 보증하니까요—

선율처럼 혹은 마술처럼

(1862년 4월 25일)

히긴슨 씨께,

보내 주신 친절에 더 일찍 감사를 표시해야 했는데 — 제가
몸이 아팠어요 — 오늘에서야, 베갯머리에서 답장을 씁니다.

수술 감사해요 — 제가 예상했던 것만큼 고통스럽지는 않
았어요 — 요청하신 대로 — 다른 시들도 보내 드립니다 — 비
록 예전 것들과 크게 다르지는 않겠지만 —

제 생각들이 날것인 상태에서는 — 그것들을 구분할 수
있지만, 그것들에 옷을 입히고 나면 — 하나같이 똑같고 무감
각해 보이네요.

제 나이를 물으셨죠? 선생님 — 저는 작년 겨울 전까지는
거의 — 한두 편을 빼고는 — 시를 써 본 적이 없었답니다.

지난해 9월부터 — 어떤 공포를 느꼈어요 — 누구에게도

말할 수 없었지요─그래서 저는 노래를 불러요, 무덤가에서 소년이 부르는 것처럼─두렵기 때문이에요─제가 어떤 책을 읽는지 궁금해하셨지요─시인들 중에서는─키츠,[96] 브라우닝 부부[97]가 있어요. 산문으로는─러스킨[98]─토머스 브라운 경[99]─그리고 「요한계시록」을 읽어요.

학교에 다닌 적은 있어요─하지만 사람들이 일반적으로 이해하는 의미에서─정식 교육을 받은 적은 없다고 말해야 할 것 같아요. 어렸을 때, 제게 불멸에 대해 가르쳐 준 친구가 있었어요─하지만 그 스스로 불멸에 너무 가까이 다가간 나머지─돌아오지 않았답니다─그리고 얼마 지나지 않아 제 가정교사께서 돌아가셨어요─그러고 나서 몇 년간, 사전이─제 유일한 동반자였어요─그리고 또 다른 동반자도 찾았지만─그는 제가 그의 제자가 된 걸로 만족하지 못했고─그래서 그는 이 땅을 떠났어요.

선생님─제 친구들에 대해서도 물어보셨지요─언덕─그리고 일몰─그리고 강아지─아버지가 사 주신 친구인데 제 몸집만큼 커요─이 모두가 인간보다 나은 존재들이

96 존 키츠(John Keats). 19세기 영국의 낭만주의 시인.
97 빅토리아 시대 영국을 대표하는 시인 부부인 엘리자베스 배럿 브라우닝(Elizabeth Barrett Browning)과 로버트 브라우닝(Robert Browning).
98 존 러스킨(John Ruskin). 19세기 영국의 철학자이자 예술 평론가.
99 17세기 영국의 작가. 과학, 의학, 미학, 종교 등 다양한 분야의 글을 남겼다.

지요 ― 그들은 뭔가를 알고 있어도 ― 말하지 않거든요 ― 그리고 정오에 물가의 소음은 ― 제 피아노를 능가하죠. 제게는 오빠와 여동생이 있어요 ― 어머니는 생각에 빠지는 걸 좋아하지 않으세요 ― 아버지는 소송 사건들로 바쁘셔서 ― 우리가 하는 일에 신경 쓰실 새가 없고요 ― 아버지는 제게 책을 많이 사 주시지만 ― 읽지는 말라고 애원하세요 ― 책이 제 마음을 흔들어 놓을까 하는 걱정 때문에.

저희 가족은 ― 저만 빼고 ― 모두 독실하답니다 ― 매일 아침, 떠오르는 해에게 말을 걸어요 ― 우리 '아버지'라고 부르면서요. 제 이야기가 선생님을 지겹게 할까 걱정되네요 ― 저는 배우고 싶어요 ― 선생님께서 제게 성장하는 법을 가르쳐 주시겠어요 ― 혹시 전수될 수 없는 건가요 ― 선율처럼 ― 혹은 마술처럼?

휘트먼[100] 씨에 대해서도 이야기하셨죠 ― 그분의 책을 읽어 본 적은 없지만 ― 그가 부도덕한 사람이라는 이야기를 들은 적이 있어요 ―

저는 프레스콧[101] 씨의 「상황」을 읽었어요. 하지만 어두울

---

100   월트 휘트먼(Walt Whitman). 19세기 미국의 대표 시인.

101   해리엇 프레스콧 스포포드(Harriet Prescott Spofford). 19세기 미국의 작가. 그녀의 단편 소설 「상황(Circumstance)」이 1860년 5월 《애틀랜틱 먼슬리》에 발표되었다.

때 ─ 저를 따라오곤 해서 ─ 그녀를 피해 버렸어요 ─

올겨울, 두 명의 신문 편집자분이 제 아버지의 집을 방문했답니다 ─ 그리고 제 마음을 요구하셨어요 ─ 그분들께 제가 "왜요"라고 여쭤보니, 그들은 제가 곤궁하다고 대답하셨어요 ─ 그리고 자신들이라면 그걸 세상을 위해 사용할 거라고 하셨어요 ─

저는 저 자신의 무게를 잴 수 없었어요 ─ 혼자서는요 ─

제 크기가 작게 느껴져요 ─ 제게는 ─《애틀랜틱》에 실린 선생님의 글을 읽었어요 ─ 그리고 존경심을 느꼈답니다 ─ 선생님께서 사적인 질문을 뿌리치지 않으실 거라 확신했어요 ─

선생님 ─ 이것이 ─ 제 대답을 원하신 것들이지요?

당신의 친구,

E ─ 디킨슨.

제게는 재판정이 없어요

(1862년 6월 7일)

벗에게,

선생님의 편지가 저를 취하게 하지는 않았어요. 저는 예전에 럼을 맛본 적이 있거든요―도밍고[102]는 처음에만 경험할 수 있죠―그래도 저는 선생님의 의견만큼 심오한 기쁨을 느껴 본 적이 거의 없답니다. 제가 감사하다고 말하려 하면, 제 눈물이 제 혀를 방해할 것 같아요―

제 가정교사는 돌아가시면서 제가 시인이 될 때까지 살아 있고 싶다고 말씀하셨답니다. 하지만 그때―죽음은 제가 통달하기에는 너무 거대한 혼돈이었어요―한참이 지나고 나서야―과수원에 갑작스레 쏟아지는 빛이나 바람의 새로운 질

---

102 세계적인 럼 생산지로 알려진 도미니카 공화국의 수도 산토도밍고를 언급하는 것으로 보인다.

감이 제 관심을 흩뜨려 놓기 시작했어요—여기서, 저는 경련이 일어나는 걸 느꼈어요—시가 그것을 완화해 주죠—

선생님의 두 번째 편지는 저를 놀라게 했어요. 그리고 잠깐 동안은, 짜릿했어요—예상치 못했던 일이었죠. 선생님의 첫 번째 편지가—수치심을 준 건 아니었어요, 진실은—부끄러워할 필요가 없으니까요—선생님의 공정함에 감사를 드렸어요—하지만 제 방랑을 진정시켜 줄 종소리를 울려 주지는 못했어요—아마도 연고가 더 나았을 것 같아요. 선생님께서 저를 피 흘리게 만드셨으니까요, 처음에는.

저에게 "출판"을 미룰 것을 제안하셨을 때 저는 미소 지었어요—그건 원래 제 머릿속에서 낯선 단어였으니까요, 지느러미에게 창공이라는 단어가 그러하듯—

만약 명성이 제 것이 된다면, 저는 그것에서 도망치지 못하겠죠—만약 명성이 제 것이 되지 못한다면, 저는 그것을 좇으며 긴 세월을 견뎌 내야 하겠죠—그리고 그동안—제 강아지는 저에 대한 믿음을 잃어버리겠죠—맨발의 계급이 더 나아요—

제 걸음걸이가 "발작적"이라고 생각하시죠—저는 위험에 처해 있어요—선생님—

제가 "통제되지 않는"다고 생각하시죠—제게는 재판정이 없어요.

선생님께서 제게 필요하다고 하신 그 "친구"가 되어 주실 시간이 선생님께는 있나요? 저는 공간을 많이 차지하지 않아요─선생님의 책상을 가득 채우는 일은 없을 거예요─통로를 망가뜨리는 생쥐들처럼 시끄럽게 하지도 않을 거예요─

제 작업물을 선생님께 가져다드린다면─선생님을 성가시게 할 정도로 자주는 아닐 거예요─그리고 제가 분명하게 표현했는지 여쭤볼 수 있다면─그것이 통제해 주겠지요, 저를─

선원은 북쪽을 볼 수 없어요─하지만 그는 나침반이 볼 수 있다는 걸 알죠─

"어둠 속에서 당신이 내게 뻗은 손"에, 저는 제 손을 밀어 넣고, 돌아섭니다─지금 제게는 민족이 없어요─

마치 내가 흔한 도움을 요구했다는 듯,
내 머뭇거리는 손에
어느 낯선 이가 왕국을 밀어 넣었네,
그리고 나는, 어리둥절해서, 서 있었지─
마치 내가 동양(東洋)을 요구했다는 듯
아침이 그것을 나에게 가져다주었네─
그것은 그 보라색의 암맥을 들어 올려,
새벽으로 나를 산산이 부숴 버리겠지!

그럼에도, 히긴슨 씨, 제 지도자가 되어 주시겠어요?

당신의 벗

E. 디킨슨 ─

시

I taste a liquor never brewed —
From Tankards scooped in Pearl —
Not all the Frankfort Berries
Yield such an Alcohol!

Inebriate of air — am I —
And Debauchee of Dew —
Reeling — thro' endless summer days —
From inns of molten Blue —

When "Landlords" turn the drunken Bee
Out of the Foxglove's door —
When Butterflies — renounce their "drams" —
I shall but drink the more!

Till Seraphs swing their snowy Hats —
And Saints — to windows run —

나는 한 번도 양조된 적 없는 술을 맛보네 ──
진주를 파서 만든 큰 잔으로 ──
독일 최고의 포도 품종으로도
그만 한 술을 빚어내지는 못하지!

대기에 취한 ── 나는 ──
이슬에 고주망태 되어 ──
끝없는 여름날들 내내 ── 비틀대고 있네 ──
생생한 하늘색의 술집에서 ──

"집주인들"이 고주망태가 된 벌을
여우장갑꽃에서 쫓아낼 때 ──
나비들이 ── 그들의 "들이켬"을 포기할 때 ──
나는 그저 더 마시리라!

천사들이 눈으로 된 모자를 흔들 때까지 ──
그리고 성자들이 ── 태양에

To see the little Tippler

Leaning against the — Sun!

기대서 있는──그 작은 술꾼을 보러
창문으로 달려갈 때까지!

저는 멈출 수가 없어요

(1862년 7월)

저를 믿으실 수 있나요──제가 없이도? 지금, 제 초상은 없지만, 저는 굴뚝새처럼, 작고, 제 머리카락은 밤송이처럼, 굵지요──그리고 제 눈은, 손님이 남기고 간, 유리잔에 담긴 셰리 와인과 같아요──이것만으로도 괜찮을까요?

제 초상이 없다는 사실이 가끔 아버지를 불안하게 만들어요──아버지는 죽음이 일어날 수도 있다고 말씀하시면서, 다른 모든 사람들을 본뜬 주형을 가지고 계세요──하지만 제 것은 없어요. 저는 며칠도 안 되어서 칠한 부분이 떨어져 버리는 걸 발견했거든요. 그런 불명예를 저는 미연에 방지한 거죠──선생님이 제가 변덕스럽다고 생각하지 않으시기를──

당신은 "어둠"에 대해 말씀하셨죠. 저는 나비를 알아요──도마뱀도──난초도──

그것들이 당신의 동포는 아닌가요?

선생님의 제자가 되어서 행복합니다. 그 친절을 받을 자격을 갖추도록 할게요. 제가 되갚을 수는 없으니.

선생님이 진심으로 동의하신다면, 지금, 제가 낭송하겠습니다 —

제 잘못을, 본인 스스로에게 하듯이 솔직하게, 말씀해 주시겠어요? 죽는 것보다는 깜짝 놀라는 쪽이 더 나으니까요. 사람들이 의사를 부르는 것은, 뼈를 — 돌보기 위해서가 아니라, 그것을 제대로 맞추기 위함이지요. 내부의 골절이 더 중대하니까요. 스승님이여, 저는 이것을 위해 당신에게 — 순종을 — 제 정원의 꽃들을, 그리고 제가 아는 모든 종류의 감사를 바칩니다. 아마 이런 제 모습에 미소 지으시겠지요.

그래도 저는 멈출 수가 없어요 — 제 관심은 둘레에 있어요 — 관습적인 것이 아닌, 모르는 것에 대해. 새벽에 갇히거나 — 또는 일몰이 나를 지켜볼 때, 아름다움 속 혼자 서 있는 캥거루와 같은 저 자신의 무지함이지요. 선생님, 그것이 저를 고통스럽게 해요. 그리고 어떤 가르침이 제 고통을 덜어 줄 것이라고 믿어요.

선생님은 저를 성장시키는 것 이외의 일로도 많이 바쁘시기 때문에 — 선생님 본인께서 제가 얼마나 자주 다가가야 할지 정해 주시겠지요 — 불편을 감수하시면서. 언제든지 — 저를 받아 주신 걸 후회한다거나, 제가 선생님이 기대하신 것과는

다른 재질이라 판단하신다면 ── 저를 내쫓으셔야만 해요 ──

제가 시의 대변자로서, 스스로 말할 때 ── 그것은 ── 저를 뜻하는 게 아니라 ── 어떤 가상의 사람으로서 하는 것이에요. "완벽함"에 대해서는, 선생님이 옳습니다.

오늘은, 어제에 새로운 의미를 부여하지요.

선생님은 『피파가 지나간다(Pippa Passes)』[103]에 대해 언급하셨죠. 저는 아무도 『피파가 지나간다』에 대해 이야기하는 것을 들어 본 적이 없었어요 ── 그 이전에는.

저의 무지몽매한 태도가 이제 이해되시겠지요.

선생님께 감사함을 표하는 일은 저를 좌절시키네요. 당신은 완벽할 정도로 건장하신가요? 당신이 갖지 않은 기쁨을 제가 가지고 있다면, 기꺼이 그것을 가져다드리겠습니다.

당신의 제자

---

103 로버트 브라우닝의 시극(1841).

저 스스로는 통치할 수 없어요
(1862년 8월)

벗에게 —

이 시들이 더 정돈되어 있나요? 진실을 알려 주어서 감사합니다 —

제 삶에는 군주가 없었어요. 저 스스로는 통치할 수 없어요. 제가 체계를 세우려고 하면 — 제 작은 군대가 폭동을 일으켜 — 저를 발가벗기고 까맣게 태워 버려요 —

선생님이 저를 "고집스럽다"라고 부르셨던 것 같아요. 제가 더 나아질 수 있게 도와주시겠어요?

추측건대, 숲의 한가운데서, 숨을 멎게 하는 자부심은, 우리의 것이 아닌 것 같아요 —

선생님은 제가 작은 실수들을 고백하면서 큰 것들을 빼먹는다고 말씀하셨지요 — 그건 제가 맞춤법을 알고 있기 때문에요—하지만 제 시야를 벗어난 무지는—제 스승의 몫이죠—

"사람들을 기피하는" 일에 대해서는—그들은 소중한 것들에 대해, 시끄럽게, 말해요—제 강아지를 곤혹스럽게 하죠—강아지와 저는 그들에게 반발하지 않아요, 그들은 자신들의 방식대로 살아갈 테니. 카를로[104]는 선생님을 즐겁게 해 줄 것 같아요—그 녀석은 멍청하지만, 용감해요—선생님은 제가 산책 중에 만난 밤나무도 맘에 들어 하실 것 같아요. 갑자기 제 시야에 나타났는데—저는 하늘이 꽃을 피운 줄 알았어요—

과수원에는 소음 없는 소음이 있답니다—저는 사람들이 그것에 귀 기울이게 만들어요—어떤 편지에서 선생님은 제게, "지금은", 저를 보러 오실 수 없다고 말씀하셨지요. 저는 그것에 대한 답변을 드리지 않았고요. 할 말이 없어서가 아니라, 선생님이 이렇게 멀리까지 오실 정도의 가치가 제게 있다고 생각하지 않았기 때문이에요—

선생님이 저를 거절하실까 봐, 그렇게 큰 기쁨을 부탁드리지는 않으려고요—

선생님은 "내 지식 밖이다."라고 말씀하셨지요. 저를 놀리

---

104 디킨슨이 스무 살 되던 해인 1950년 아버지에게서 선물로 받은 강아지. 샬럿 브론테(Charlotte Bronte)의 소설 『제인 에어(Jane Eyre)』에서 영감을 받아 시인이 직접 지은 이름이다.

시는 건 아니겠죠. 저는 선생님을 믿고 있으니까요—하지만
스승님—진심으로 그렇게 말씀하신 건 아니지요? 모든 사람
들이 저에게 "무슨 말이냐."라고 말하지만, 저는 그게 하나의
유행이라고 생각했어요—

어린 시절, 숲에서 많은 시간을 보낼 때, 사람들은 제게 뱀
이 저를 물어 버릴 거라고, 제가 독이 든 꽃을 꺾을지 모른다고,
아니면 도깨비들이 저를 납치할 거라고 말했어요. 하지만 제가
숲에 가서 만난 것은 다름 아닌 천사들뿐이었어요. 천사들은
저를 마주치고는 저보다도 더 수줍어했어요. 그래서 저는 많은
이들이 연습하는 가짜 자신감도 내보일 필요가 없었어요.

선생님의 지도를 따르겠습니다—비록 그것들을 제가 항
상 이해하는 것은 아니지만.

어떤 시에 시행 하나를 표시해 두었어요—이미 시를 다
쓰고 난 후에 그것을 맞닥뜨렸거든요—다시는 다른 사람에
의해 조합된 물감을 의식적으로 그려 넣지 않지요—

저는 그것들을 보내지 않았어요. 여전히 제 것이니까요.

브라우닝 부인의 초상화를 가지고 계신가요? 사람들이
제게 세 가지를 보내 주었어요—가지고 계신 것이 없다면, 제
것을 가지시겠어요?

당신의 제자

손해라는 시험을 견뎌야 하네

(1863년 2월)

벗에게,

행성의 힘이 사라져 버렸다고 생각하지는 않았어요 — 그 대신 영토의, 또는 세계의 맞바꿈을 경험했어요 —

선생님이 존재하지 않는 것 같은 상태가 되기 전에, 선생님을 만나 뵈었어야 했어요. 제게 전쟁은 어렴풋한 장소로 느껴져요 — 만약 또 다른 여름이 있게 된다면, 아마 선생님이 방문해 주실까요?

선생님이 떠나셨다는 소식[105]을 우연히 알게 되었어요. 체계가 존재한다는 걸, 혹은 계절이 변화한다는 걸 깨닫고도

---

105 《스프링필드 리퍼블리컨》은 1963년 1월과 2월 호에 히긴슨이 남북전쟁에 참전하기 위해 전년 11월 사우스캐롤라이나로 떠났다는 소식과 그가 이끄는 흑인군 보병 연대를 소개하는 기사를 실었다.

그 이유를 알 수 없는 것처럼—하지만 앞으로 나아가면서 사라져 버린다면—그건 발전의 배반이라고 생각해요. 카를로가—여전히 제 곁에 남아 있었고—제가 말했어요—

　　최고의 이익은—손해라는 시험을 견뎌야 하네—
　　손해가 모여 이루는 것이 —이익—

　제 털북숭이 친구도 동의했답니다—
　아마 죽음은—제게 친구들을 향한 경외심을 갖게 해 준 것 같아요—예리하게, 일찍 강타했어요. 왜냐하면 그때부터 저는 친구들에게—불안정한 사랑 속에—평화보다는 경계심을 더 갖게 되었으니까요. 선생님이 전쟁의 한계선을 통과하시리라 믿습니다. 그리고 비록 기도에 익숙하게 자라지는 않았지만—교회에서 예배가 열리면, 우리의 양손에, 저는 선생님을 포함시킵니다—저도, 마찬가지로, '섬'을 가지고 있어요—그 섬에 있는 '장미와 목련'은 아직 씨앗 상태이고, 그 '열매'도 마찬가지로 향기로운 장래에 불과하죠. 하지만 선생님이 말씀하셨듯, '매혹'이 기후의 한계를 뛰어넘어요. 이런 생각을 했어요, 오늘—그리고 깨달았어요. '초자연적인 것'은 그저 '자연스러운 것'이 정체를 드러낸 것일 뿐이라고—

그것이 ─기다리는 것은 ─ "계시"가 아니라,
우리의 꾸밈없는 눈〔目〕이라네 ─

제가 선생님을 붙들어 두고 있는 건 아닌지 염려가 됩니
다 ─

이 편지가 도착하기 전에, 당신이 혹시 불멸을 경험하게
되신다면, 누가 그 맞바꿈에 대해 제게 알려 줄까요? 부디 영
광스럽게, 죽음을 피해 주시겠어요? 선생님 ─ 제가 간절히 요
청드립니다 ─ 선생님 ─ 그 소식은 슬프게 할 테니까요

당신의 작은 요정을 ─

저는 "꽃들의 행렬"[106]이 어떤 예감이 아니었기를 믿습니
다 ─

---

106 1862년 《애틀랜틱 먼슬리》 12월 호에 실린 히긴슨의 에세이 제목.

버틸 수 없는 감옥에서

(1864년 6월 초, 케임브리지에서)

벗에게,

위험에 처해 있으신가요 ―

선생님이 부상을 당하신 걸 모르고 있었습니다.[107] 더 자세히 얘기해 주시겠어요? 호손 씨는 돌아가셨습니다.[108]

저는 지난 9월부터 많이 아팠습니다. 그리고 4월부터는 보스턴에 머물며 의사 선생님의 치료를 받고 있답니다 ― 의사 선생님은 제가 집으로 돌아가지 못하게 하시고, 저는 제 감옥에서 여전히 일을 하며, 저 자신을 위한 손님들을 만들어 낸답니다 ―

107 1863년 7월 부상을 당한 히긴슨은 이듬해 5월 전역했다.
108 『주홍 글자(The Scarlet Letter)』의 작가 너새니얼 호손(Nathaniel Hawthorne)
     이 1864년 5월 19일 사망했다.

카를로는 오지 않았어요. 제가 버틸 수 없는 감옥에서, 그리고 산을 넘다가, 죽을 수도 있으니까요. 그래서 신들만을 데려왔어요 —

지난번 뵙지 못했을 때 이전보다 더 선생님을 뵙고 싶네요 — 건강 상태가 어떤지 알려 주시겠어요?

선생님 편지를 받고 난 이후로, 계속 놀라고 불안한 상태입니다 —

　　내가 아는 유일한 소식은
　　불멸로부터 온종일
　　들려오는 공고들.

제 연필을 마련해 주시겠어요?

의사 선생님이 제 연필을 가져가 버렸거든요.

편지에 쓰여 있는 주소를 함께 붙여 보냅니다. 제 글씨가 틀릴까 봐서요 — 선생님의 건강이 회복되었다는 소식은 — 제 건강의 회복을 뛰어넘는 일이 될 것입니다.

E — 디킨슨

클수록 천천히 자라나네

(1866년 초)

벗에게.

나의 강아지[109]가 이해했던 사람은 다른 것들에게서 도망칠 수 없었어요.

선생님을 만나는 기쁨을 누렸어야 하지만, 그것은 허깨비같은 즐거움이라는 생각이 들어요 ― 결코 충족될 수 없는. 보스턴 방문과 관련해서도 아직 잘 모르겠어요.

5월 중에 며칠간 의사 선생님을 방문하기로 약속했지만, 저를 곁에 두는 것에 익숙한 아버지는 반대를 하고 계세요.

그곳은 애머스트에서 더 먼가요 ―

보잘것없는 주인을 만나게 되시겠지만, 그의 환대는 풍성

---

109 시인과 16년을 함께해 온 반려견 카를로가 그해 1월에 죽었다.

할 거예요 ──

　저의 뱀을 만나 보시고는 제가 그것[110]을 도둑맞았다고 속인 거라 ── 그리고 구두점 때문에 3행이 실패한 거라 ── 생각하지 않으시기를. 3행과 4행은 원래 하나였어요 ── 제가 신문에 게재한 것이 아니라고 말씀드렸었죠 ── 선생님이 제가 뻔하다고 생각하실까 걱정되었어요. 여전히 선생님께 저를 가르쳐 달라고 제가 간청한다면, 선생님은 불쾌하실까요?

　저는 인내심을 가질게요 ── 꾸준히, 선생님의 칼을 거부하지 않을게요. 제 느릿느릿함이 선생님을 괴롭게 한다면, 선생님은 이미 저보다 먼저 알고 계셨겠지요.

　　작은 크기의 것들 빼고는

　　어떤 생명도 둥글지 않네 ──

　　이것들은 ──서둘러 구형에 이르러

　　보여 주고 끝을 맺지 ──

　　클수록 ── 천천히 자라나네

110　디킨슨은 이 편지에 《스프링필드 위클리 리퍼블리컨》 2월 17일 자에 게재된, 「뱀」이라는 제목이 붙여진 그녀의 시 「풀숲에 있는 가느다란 녀석이(A narrow Fellow in the Grass)」를 동봉한다. 이 시가 게재된 과정에 대해서는 정확히 밝혀지지 않았으나, 제목이 없던 원작에 임의로 제목이 붙여진 것이다. 3행에 물음표가 추가된 것 등에 대해 디킨슨이 크게 낙심했다고 한다.

그리고 나중에 열매 맺지 —
헤스페리데스[111]의 여름은
오래도록 지속되네.

디킨슨.

---

111 그리스 신화에서 헤라가 제우스와 결혼할 때 가이아에게서 선물로 받은 황금 사과
     나무를 지키는 여신들. 헤스페리데스의 황금 사과를 먹은 이들은 불멸을 얻는다.

A narrow Fellow in the Grass

Occasionally rides —

You may have met him? Did you not

His notice instant is —

The Grass divides as with a Comb,

A spotted Shaft is seen,

And then it closes at your Feet

And opens further on —

He likes a Boggy Acre —

A Floor too cool for Corn —

But when a Boy and Barefoot

I more than once at Noon

Have passed I thought a Whip Lash

Unbraiding in the Sun

수풀 속에 가느다란 한 녀석이
이따금씩 스쳐 간다——
그대도 아마 그를 만나 봤겠지? 즉시 알아채지
않았을까 그의 출현을——

풀은 마치 빗으로 가른 듯 갈라지고,
점박이 화살이 나타나지,
그러곤 당신의 발치에 가까이 다가왔다
멀리 나아가 버리지——

그는 늪지대를 좋아한다네——
옥수수가 자라기엔 너무 서늘한 바닥——
하지만 맨발의 어린 소년이었을 때
나는 한낮에 한 번 이상

내가 채찍이라 생각했던 것을 지나쳐 본 적 있지
햇볕 아래에 느슨하게 펼쳐져 있는

When stooping to secure it
It wrinkled And was gone —

Several of Nature's People
I know, and they know me
I feel for them a transport
Of Cordiality

But never met this Fellow
Attended or alone
Without a tighter Breathing
And Zero at the Bone.

몸을 굽혀 잡으려 하니
그것은 꿈틀거리고는 사라져 버렸네 —

자연의 사람들 몇몇을
나는 알지, 그리고 그들도 나를 알고
나는 그들에게 극진한
친밀감을 느끼지

그렇지만 이 녀석을 마주칠 때마다
누군가와 함께든 혼자든
단 한 번도 숨이 가빠져
뼛속까지 서늘한 기분을 느끼지 않은 적 없네.

시간은 통증을 시험할 뿐

(1866년 6월 9일)

벗에게

사모님께 감사하다고 전해 주세요. 친절하게 신경 써 주신 것에 대해.

보스턴 일정은 취소해야겠어요. 아버지가 그렇게 하길 원하세요. 아버지는 자신과 함께 여행하기를 원하시고 제가 혼자 가는 것은 반대하세요.

제가 선생님을 애머스트 여관의 손님으로 위촉해도 될까요? 선생님을 뵙게 된다면, 수정하는 일은 훨씬 더 큰 기쁨이 될 거예요. 어떤 부분들을 실수했는지 제가 알 수 있을 테니까요.

선생님의 의견은 제게 진지한 감정들을 가져다줍니다. 저는 선생님께서 판단하고 계시는 그 존재가 되고 싶어요.

위로 감사합니다. 카를로를 위해 기도할게요.

시간은 통증을 시험할 뿐
치유는 아니지 ─
만약 치유되었다면, 그것은
병이 없었음을 증명하지.

제게는 여전히 언덕이 있어요. 제 지브롤터의 잔해예요.
자연은, 제 눈에는, 친구 없이 노는 것처럼 보여요.
선생님은 불멸에 대해 언급하셨죠.
그것은 홍수 같은 주제예요. 지느러미가 없는 마음에는
강둑이 가장 안전한 장소라고 누군가 제게 말했어요. 저는 거
의 탐험을 하지 않아요. 제 무언의 공모자들이 "무한한 아름다
움"이니까요 ─ 그것들에 대해 선생님은 갈구하기에는 너무
가까이 있다고 말씀하시지요.
황홀감에서 탈출하기 위해서는, 언제나 도망쳐야만 해요.
낙원은 선택 사항이에요.
아담이 추방되었을지라도 누구든지 에덴을 소유하려 할
거예요.

디킨슨.

편지는 불멸입니다
(1869년 6월)

벗에게

　편지는 제게 언제나 불멸처럼 느껴져요. 그것은 육체를
가진 친구 없이 마음만 홀로 있으니까요. 우리의 대화 속에서
느껴지는 태도와 억양 덕분에, 혼자 걸으며 드는 생각에도 유
령과 같은 힘이 깃드는 것 같아요─선생님의 큰 친절에 감사
를 표하고 싶지만 제가 감당할 수 없는 단어들을 도용하려는
노력은 결코 하지 않을게요.
　선생님이 애머스트에 오신다면, 저는 성공한 사람이 될
거예요. 비록 감사하는 마음은 가진 게 없는 이의 보잘것없는
재산에 불과하지만. 선생님이 진실을 말해 주실 거라 믿어요.
고귀한 자들이 그렇게 하듯이. 하지만 선생님의 편지는 언제
나 저를 놀라게 하죠. 제 인생은 그동안 너무나 단순했고 무언

가를 곤란하게 하는 일에 인색했어요.

"천사들에게 보인" 것은 제 책임이 아니에요.

그토록 아름다운 장소에서 허구를 지어내지 않기는 어렵지만, 그러한 시험으로써 혹독하게 바로잡는 건 누구에게나 허용되어 있지요.

제가 어린 소녀였을 때, 그 뛰어난 구절[112]을 듣고는 '권세'를 선호했던 것이 기억나요. 그때는 '왕국'이나 '영광'이 포함된 말인지도 몰랐지요.

제가 홀로 기거하는 것을 눈치채셨겠지요 — 이민자에게는, 자신의 국가가 아닌 다른 국가는 의미가 없어요. 저를 만나는 것에 대해서 친절하게 말씀해 주셨지요. 편하실 때 먼 애머스트까지 와 주신다면 저는 너무나 기쁠 것입니다. 하지만 저는 제 아버지의 영토 너머 그 어떤 집이나 마을로는 가지 않아요.

우리의 위대한 행동들에 대해 우리는 무지하지요 —

선생님께서 제 목숨을 구해 주셨다는 사실을 선생님은 모르고 계세요. 그 이후로 직접 만나 뵙고 감사를 표시하는 것이 얼마 되지 않는 제 간청 중 하나였어요. 제 꽃에 "그렇게 해 줄래요."라고 묻는 아이, 그가 말해요 — "그렇게 해 줄래요." — 제가 원하는 걸 이렇게 요청하는 것 말고는 다른 방법

---

112 「마태복음」 6장 13절. 주기도문 가운데 "나라와 권세와 영광이 아버지께 영원히 있습니다."라는 구절이다.

을 모릅니다.

　제가 하는 말들을 양해해 주시겠지요? 저를 가르쳐 준 다른 이가 없었으니.

디킨슨.

셰익스피어가 존재하는 한

(1871년 11월)

저는 밀러 씨의 작품[113]을 읽어 보지 않았어요. 그분께 신경 쓸 틈이 없었거든요 ─

도취는 다그쳐서 얻어지는 게 아니지요 ─

헌트 부인의 시[114]들은 브라우닝 부인 이후 그 어떤 여성 작가들이 쓴 시보다도 더 강력해요 ─ 루이스[115] 부인을 제외하고 ─ 하지만 조상이 남긴 비단과 같은 진실은 그 자체로 온전해요[116] ─ 선생님은 『남자와 여자(Men and Women)』[117]에

---

113 와킨 밀러(Joaquin Miller)의 『시에라 산맥의 노래(Songs of the Sierras)』.

114 헬렌 헌트 잭슨(Helen Hunt Jackson)의 『시편들(Verses)』.

115 조지 엘리엇의 본명은 메리 앤 에번스(Mary Ann Evans)이고 조지 헨리 루이스(George Henry Lewes)는 오랫동안 그녀와 함께한 동반자였다. 시인은 조지 엘리엇을 잘 알려진 필명이 아닌 루이스 부인으로 칭하며 친근감을 표현한다.

116 조지 엘리엇의 『플로스강의 물방앗간』 속 구절.

117 로버트 브라우닝의 시집(1855).

대해 말씀하셨지요. 광활한 책이에요 ─ 『종과 석류(Bells and Pomegranates)』[118]는 한 번도 읽어 본 적 없지만 브라우닝 부인이 승인해 주었지요. 셰익스피어가 존재하는 한 문학은 견고합니다 ─

곤충은 아킬레스의 머리를 가지고 도망칠 수 없어요.『애틀랜틱 에세이』[119]를 써 주셔서 감사해요. 뛰어난 기쁨이었어요 ─ 비록 축하의 재료를 소유하는 것은 이미 축하를 불필요하게 만들지만요.

친애하는 벗이여, 질문하신 대로 저는 선생님을 믿어요 ─ 만약 제가 허용치를 초과한다면, 북쪽 외에는 어떤 지도자도 알지 못했던 제 황량한 단순함을 용서하세요. 저를 그저 이끌어 주시겠어요.

디킨슨.

---

118 로버트 브라우닝의 시집(1841~1846).
119 히긴슨이 1871년 9월 출간한 책.

엘리자베스 배럿 브라우닝

'아버지'라고 부르는 우주
(1874년 7월)

제 아버지가 살아 계셨던 마지막 오후, 비록 아무런 예감도 하지 못했지만──저는 아버지와 함께 있는 게 좋았어요. 어머니께서 자리를 비우실 핑계를 마련해 드렸고, 비니는 잠들어 있었어요. 제가 혼자 있을 때 자주 그러하듯 아버지도 유난히 즐거워 보였어요. 오후가 저물자, 아버지가 말씀하셨어요. "이 오후가 끝나지 않았으면 좋겠다."라고.

아버지의 기쁨은 저를 당황스럽게 할 정도였어요. 그러고는 오빠가 와서──두 사람에게 산책을 나가자고 제안했어요. 다음 날 아침 오빠를 깨워 기차를 태워 보냈고──그 이후에는 더 이상 그를 본 적이 없었어요.

아버지의 마음은 순수하고도 경이로운데, 세상에 그런 마음이 또 존재하지는 않을 거예요.

불멸이 있다는 사실이 반가워요──하지만 저 스스로가

그걸 먼저 시험해 봤으면 좋았겠지요——아버지께 그것을 맡기기 전에.

볼스 씨가 저희와 함께 계셨어요——그 외에 특별한 것은 없었습니다. 아버지가 돌아가신 이후로, 저는 당신이 필요했어요. 선생님께 여유가 있었더라면, 아마 값을 매길 수 없이 귀중했겠지요. 보내 주신 모든 친절에 감사드립니다.

제 오빠와 여동생도 선생님께서 자신들을 기억해 주심에 감사를 표합니다.

선생님의 아름다운 찬송가,[120] 그것은 예언이 아니었을까요? 제가 '아버지'라고 부르는 우주가 멈추는 걸 도와주었으니——

___

120 히긴슨의 시 「훈장(Decoration)」을 가리킨다.

소설 『플로스강의 물방앗간』의 저자 조지 엘리엇

불멸의 경험

(1875년 7월)

벗에게.

어머니가 많이 아프셨지만, 지금은 편해지셨어요. 의사 선생님은 며칠 지나면 어머니 병세가 일부 회복될 거라고 하시네요. 어머니는 기억이 없어서 자신의 팔과 다리가 떠나 버렸다는 사실을 알지 못하십니다. 제게 자신의 병명에 대해 물으시면─처음에는 어머니를 속였어요. 그러고는 아버지에 대해서도 물어보신답니다, 지속적으로. 아버지가 당신을 보러 오지 않는다는 걸 무례하다고 생각하고 계세요─어머니는 밤에 제게 방으로 돌아가지 말라고 애원하세요. 아무도 아버지를 맞이해 주지 않을까 봐서요.

그나마 다행인 것은 우리를 너무나도 슬프게 하는 것들이─더 이상 아버지를 슬프게 하지는 못한다는 사실이에요.

불멸을 경험해 보는 일은 불멸에 이르는 일을 초월하지요. 안타까운 마음 표해 주신 것 감사드려요.

선생님의 목소리를 듣는 게 소중한 일이라는 생각이 들었어요. 비록 머나먼 거리에 계시지만——집이 집에서 너무 머네요. 아버지가 돌아가신 이후로는.

제 오빠와 자매들 대신 제가 예의를 차려 인사드립니다. 당신의 얼굴을 볼 수 있는 이들은 건강하시기를.

당신의 제자

사랑스럽게 불경한 것들

(1876년 2월)

심지어 가장 신성한 인간의 삶의 영역에도 사랑스럽게 불
경한 것들이 너무나 많아서 ─ 그것들로부터 우리를 단념시키
는 것은 아마 의도가 아니라 본능일 것입니다.

억양의 반역은

황홀을 전해 줄 거야 ─

그 깊이가 지워지면

누구도 되돌릴 수 없지 ─

선생님께 책을 보내 드릴 수 있어 기쁩니다. 받아 주셔서
감사해요. 『대니얼 데론다(Daniel Deronda)』[121]가 책으로 완

---

121 조지 엘리엇의 소설. 당시 《하퍼스 뉴 먼슬리 매거진(Harper's New Monthly
Magazine)》에 연재되고 있었다.

성되어서 제가 가져다드릴 때까지 결코 먼저 소유하지 말아 주세요. 만나는 사람이 있는지 물어보셨죠─로드 판사님이 10월에 한 주 동안 저와 함께 있어 주셨고, 아버지의 목사님과 한 번, 그리고 볼스 씨와 한 번, 이야기를 나누었어요.

작은─여행의 행위가─제 '추구'를 구성해요─그리고 책들을 위한 약간의 여유를 남겨 놓죠─휴식을 취한 후 잠이 들어요. 나의 스승이여─솔직함이─유일한 전략이에요. 제게 이것을 『맬본(Malbone: An Oldport Romance)』[122]의 서문에서 직접 가르쳐 주지 않으셨나요? 한번은 제게 "오직 몇 편의 시만 발표할 것"을 조언하신 적이 있죠. 저는 그게 선생님께서 더 많은 시를 받아 보길 원한다는 뜻이길 바랍니다─

저에게 보여 주시겠어요─그 증거를─추운 것을 좋아하는지 물어보셨지요─그런데 지금은 따뜻하네요. 그윽한 비가 내리고 있어요.

4월이 될 때까지는 무르익지 않겠지요─2월의 처마에서 떨어지는 비는 얼마나 감미로운지! 우리의 생각을 분홍빛으로 물들여요─

그것은 개똥지빠귀보다도 먼저 찾아와요─2월이 떠날 것을 미리 슬퍼하게 하지요─

---

122   히긴슨의 소설(1869)로 서문에 다음과 같은 구절이 나온다. "사람은 나이가 들면서 단순한 진실만큼 낯설거나 불가능해 보이는 허구는 없다는 것을 배우게 된다."

친절한 말씀 감사드려요.

저는 선생님을 생각하며 종종 집으로 간답니다.

당신의 제자——

논리에 의해 방어될 수 없지만

(1876년 봄)

당신의 친구분께, 비록 우연이었지만, 즐거움을 드릴 수 있어 저도 기쁩니다. 그러한 달콤한 특권을 더 가질 수 있기를 욕심내 봅니다. 선생님이 행복한 여행을 마치고 새롭게 활기를 찾으셨기를 바랍니다. 노동은 지치게 하지요. 비록 다른 행동은 쉴 수 있지만.

우리가 해야 한다고 생각했던 것들
우리는 다른 일들을 해 왔지
하지만 그 특이한 활동들은
한 번도 시작된 적 없네 ─

우리가 추구해야 한다고 생각했던 영토들
달릴 수 있을 만큼 충분히 크고 나서는

추측에 의해
추측의 아들에게 양도되지 ―

우리가 멈춰 서고 싶었던, 천국
단련이 끝나면
논리에 의해 방어될 수 없지만
아마도 그것이 핵심이겠지 ―

선생님이 "초원의 풀"을 기억해 주셔서 기쁩니다.
덕분에 허구의 위험을 피했네요.
저는 항상 예상이 발견을 능가한다고 들어 왔어요. 하지
만 그것은 왜곡되어서 말해진 게 분명해요. 진실이 아니니까
요―

어느 여름날
개구리의 기나긴 한숨은
지나가던 이에게
도취를 일으키네.

하지만 그의 팽창이 사그라져야
평화가 확인되지

신체의 해방에

귀가 불필요하게 만드네 ─

저를 그저 이끌어 주시겠어요?

당신의 제자

그 귀여운 도망자의 행로

(1880년 봄)

벗에게 ─

우리가 경험하는 순간들 대부분은 서막을 알리는 순간들이에요 ─ '7주'는 긴 삶이에요 ─ 만약 그 시간을 충분히 산다면 ─

그 짧은 회고록[123]은 정말 감동적이었어요. 그 아이가 더 머무르고자 하지 않았다는 사실이 안타까워요 ─

그러한 일부의 이탈은 우리가 가진 숫자 전부를 데려가 버려요 ─

『한 명 더 들어갈 공간(Room for One More)』[124]은 천국을 향

---

123 히긴슨은 1880년 3월, 생후 7주 만에 죽은 자신의 딸 루이사를 위해 쓴 회고록을 디킨슨에게 보냈다.

124 히긴슨의 아내 메리 대처 히긴슨(Mary Thatcher Higginson)이 쓴 동화(1879).

한 호소였어요—

제가 오해했어요—부모에게 천국은 분명 맞바꿀 수 있는 유일한 것이었을 테죠—

불멸과의 이러한 갑작스러운 친밀감은, 광활해요—평화가 아니라—우리 발밑에 떨어지는 번개처럼, 낯선 풍경을 주입하죠. 보내 주신 초상 감사드려요—아름답지만, 위협적이네요—저는 "5월의 꽃들"을 더욱 은밀하게 꺾고, "달밤"의 새로운 경외감을 느껴야겠어요.

당신의 그 귀여운 도망자의 행로는 분명 사랑스러운 불가사의겠죠—하지만

무덤 속 보조개는
그 흉포한 공간을
집으로 만들어 주네—

당신의 학자—

바라는 것조차 두려워했던 행복

(1885년 2월)

벗에게 ─

선생님께 책을 받아 주시기를 부탁드리고 동의를 받은 것이 벌써 오래전 일이에요. 그래서인지 몰라도, 마침내 승인이 이루어졌어요. 제가 바라는 것조차 두려워했던 행복이에요 ─

전기는 전기 속 주인공[125]이 떠났음을 처음으로 확신하게 해요 ─

> 빛의 랑데부로 향하는 당신의 길
> 우리에게 말고는 고통이 없네 ─
> 우리는 느리게 그 신비를 건너가네

125　1885년 2월 조지 엘리엇의 전기가 출간되었다.

당신이 뛰어넘어 버린 그것을!

당신의 제자 ―

시인이었던 야곱

(1886년 봄)

"신성한 외로움을 망치는!" 어찌나 멋진 비가인지! "지상의 시온산에서 천국의 시온산까지!" 험프리 목사님이 그녀[126]의 아버지에 대해 말씀하셨죠 — 천사 가브리엘의 연설은 그분의 자제에게 은혜를 내려 줄 것입니다 —

지난번 그녀가 찾아와 제가 맞이하러 갔을 때 그녀의 손에는 '보이지 않는 성가대'[127]라고 쓰인 것이 들려 있었어요.

그녀는 책을 덮으며 "최고예요."라고 말했지요. 저를 안아 주려고 몸을 구부리면서. 하지만 그 열정은 저를 숨 막히게 했어요. 보내 주신 '소네트'[127] 감사합니다 — 그 시를 그녀의 사

---

126 1885년 8월에 사망한 시인 헬렌 헌트 잭슨(Helen Hunt Jackson)를 가리킨다. 잭슨의 아버지 네이선 피스크는 오래전 예루살렘 성지 순례 도중 사망했으며, 애머스트칼리지의 교장이었던 험프리 목사는 그를 회고하는 글을 썼다.

127 조지 엘리엇이 1867년에 쓴 「O May I Join the Choir Invisible」과 동명인 시선집이 1884년 출간되었다. 이 부분은 이 책을 가리키는 것으로 추측된다.

랑스러운 발밑에 놓아두었어요.

언제 그녀 자신이 당도할지 몰라,

나는 모든 문을 열어 놓았네,

아니면 새처럼, 그녀가 깃털을 지니고 올까,

아니면 해안처럼, 물결칠까—

그녀가 저희와 머물러 있고 싶었을 것이라 생각해요. 하지만 그녀는 곧 천국의 관습들을 배우게 되겠죠. 감금된 시용성의 죄수처럼.

'공고'[129]를 읽어 봤냐고 물어보셨지요.

친애하는 벗이여, 저는, 11월 이후로, 아주 많이 아팠답니다. 의사 선생님의 꾸지람 탓에, 책과 생각을 빼앗긴 채로. 하지만 지금은 제 방 안을 서성이기 시작했어요—

넋이 나간 애정과 함께 당신을 떠올립니다. 그리고 제가 한 번도 만난 적 없는 부인과 아이도. 사랑과 전설이 함께 있네요—

축복의 담대함 — 야곱이 천사들에게 말했죠. "내가 그대를 축복하게 하지 않는다면, 당신을 보내지 않을 것이

128 히긴슨이 쓴 시 「H. H.를 기억하며(To the Memory of H. H.)」를 가리킨다.
129 잭슨의 부고.

오."¹³⁰ ── 씨름 선수이자 시인이었던 야곱이 옳았어요 ──

당신의 제자 ──

---

130 「창세기」 32장 26절. 야곱이 고향에 돌아오고도 형 에서를 두려워하며 홀로 밤을
지새우고 있을 때 천사가 나타나 밤새 씨름하다가 이기지 못하자 야곱의 허벅지 관
절을 치니 야곱이 자신을 축복하지 않으면 못 간다고 끝까지 붙잡았다.

6부
로드 판사에게

"공기는 이탈리아만큼이나 부드럽지만,
그것이 저를 건드릴 때면 저는
한숨과 함께 그것을 내쳐버리죠.
당신이 아니니까요."

다양한 편지에서 '로드 판사'로 지칭되곤 하는 오티스 로
드(1812~1884, Otis Phillips Lord)는 디킨슨 말년의 연인으로 알려
져 있다. 로드는 애머스트칼리지와 하버드대학교를 졸업한 후
세일럼과 보스턴을 중심으로 변호사로 활동했으며, 1840년대
에는 매사추세츠 의원을 지냈다. 1859년에는 새로 설립된 주
고등법원의 판사에 임명되었고, 1875년 주 대법관으로 지명되
어 재직하다 70세이던 1882년에 건강 문제로 사임했다.

사실 로드 판사는 디킨슨의 아버지 에드워드와 정치적 견
해를 공유한 평생의 벗이었다. 로드 판사와 그의 부인 엘리자
베스가 디킨슨의 집에 자주 방문했기 때문에 시인은 어린 시
절부터 그와 친분이 있었다. 로드와 디킨슨은 1877년 엘리자
베스의 사망 직후 급격하게 가까워졌으며, 특히 로드 판사가
애머스트에 있는 질녀의 집에 머물며 디킨슨의 집에 자주 드
나들면서 더욱 각별해졌다고 알려져 있다.

디킨슨은 18세의 나이 차에도 불구하고 로드 판사와 결혼
을 결심할 정도로 그에 대한 애정을 가지고 있었던 것으로 추
정되지만, 당시 로드 판사를 보살피고 있었던 질녀 애비와 그

녀와 친한 사이였던 올케 수전의 극렬한 반대로 결혼은 성사
되지 않았다. 로드 판사는 디킨슨이 사망하기 2년 전인 1884년
사망한다. 디킨슨이 로드 판사에게 보낸 격정적이고도 절절한
연서는 수신인 측에서 제공한 것이 아니라 주로 미리 연습 삼
아 써 본 것으로 추정되는 미발송의 초고 형태로 남아 있다가
시인의 사후에 발견되었다.

오티스 로드

매사추세츠 보스턴 기차 정류장(1910년경)

사랑은 애국자예요
(1878년경)

나의 사랑스러운 세일럼[131]이 제게 미소를 짓네요. 저는 그의 얼굴을 너무 자주 찾아 본답니다 ─ 하지만 겉모습은 이제 지겨워요.

제가 그를 사랑한다고 고백할게요 ─ 그를 사랑하는 것에서 저는 기쁨을 느낍니다 ─ 천국과 지상을 창조하신 분께 감사드려요 ─ 그를 사랑하도록 저를 그에게 보내 주셨으니까요 ─ 환희가 제게 넘쳐흘러요 ─ 수로를 찾을 수 없네요 ─ 당신을 생각하면 시냇물은 바다가 되죠 ─ 저를 벌하실 건가요 ─ "강제 파산"이라고 채권자들은 말하죠 ─ 그것이 어떻게 범죄가 될 수 있나요 ─ 저를 당신 안에 가두어 주세요 ─ 그것이 제게는 형벌이에요 ─ 당신과 이 사랑스러운 미로를 함께

---

131 로드 판사는 매사추세츠 세일럼에 살고 있었으며, "나의 사랑스러운 세일럼"은 디킨슨이 로드 판사를 부르던 애칭으로 알려져 있다.

헤쳐 나가는 일. 삶도 죽음도 아닌 그곳—비록 거기엔 삶의 불
가피함과 죽음의 솟구침이 동시에 존재하지만—잠들기 전 당
신으로 인해 마법처럼 변했던 그날을 당신에게 일깨워 드리
며—얼마나 아름다운 구절인가요—우리는 마치 하나의 나
라처럼 잠자리에 들었어요—우리 같이 그것을 하나로 만들어
요—우리는 하나로 만들 수 있어요, 나의 고국을—사랑하는
이여, 이리로 와서 지금 애국자가 되어 주세요—사랑은 애국
자예요. 그녀는 나라를 위해 삶을 바쳤어요. 이제 의미를 가지
게 되었어요—오 영혼의 국가여 그대는 자유를 가졌습니다.

[……][132]

132 미완의 편지로, 첫 두 페이지만 전해진다.

내 극한의 항해의 표시

(1878년경)

네드와 저는 신에 대해 이야기하고 있었어요. 네드가 말했죠. "에밀리 고모—로드 판사님은 교회에 속해 계신가요?"

"네드, 엄밀히 말하면 그렇지 않으신 것 같아."

"이런, 저는 판사님이 교회에 속하는 걸 존경할 만한 일로 여기는 보스턴의 신자들 중 한 명이라고 생각했어요." "네드, 판사님은 겉으로 드러내는 일은 하지 않으시는 것 같아." "음—아버지는 미연방국에 로드 판사님과 같은 판사가 한 명이라도 더 있었더라면 법조계가 엄청나게 발전했을 거라고 말씀하시던데요." 저는 네드에게 아마 그랬을 거라고 대답했어요—비록 당신이 계실 때, 당신의 다정한 도움 덕분에, 저는 저와 관련된 일이 아닌 어떤 사건의 변론도 해 본 적이 없다는 사실이 떠올랐지만—저는 아무 불만도 없었지요.

저는 그렇게 열렬한 표현을 쓴 아이를 쓰다듬어 주고 싶었어요 — 그 대신 칭찬을 해 주었죠. 당신은 알고 계시나요, 당신이 제 의지를 빼앗아 가 버렸다는 걸, 그러고는 그것을 "어디에 놓아두었는지" 저는 "알지 못한다는" 것을? 제가 더 일찍 당신을 막았어야 했나요? "제가 '아니요'라는 말을 너무 아껴서 아이를 망친" 건가요?

아, 제가 너무나도 사랑하는 이여, 우리 둘 모두를 뭉개 버릴 우상 숭배에서 저를 구해 주세요 —

"그리고 그 바다는 — 내 극한의 항해의 표시" — [133]

---

133 셰익스피어 『오셀로(Othello)』의 한 구절.

천사 같은 말썽꾸러기여
(1878년경)

편지가 쓰일 때 그것을 간청하는 것도 충분히 파산을 증명하지만, 쓰이지도 않은 편지를 간청하는 일은, 그리고 사랑하는 기증자가 그 자신의 가치를 개의치 않고, 한가로이 돌아다닌다면, 그것이 바로 파산의 원인입니다.

다정한 이여 ─ 당신은 한때는 너무나도 즐거웠던, 그 빛나는 한 주를 해롭게 만들기 위한 영장이라도 가지고 계신가요? 게다가, 나의 짓궂은, 너무나 천사 같은 말썽꾸러기여, 누가 당신에게 형벌을 내릴 수 있나요? 분명 사랑에 빠진 제 마음은 아닐 겁니다. 자, 나의 축복받은 소피스트여, "하지 말라"를 "하라"로 만들 수 있는 당신이여 ─ 잊으셨겠지만 제가 그렇게 말했었죠.

......

혹시라도, 설마, 당신은 죄를 지었나요? 지옥에 떨어지는

형벌을 신성하게 만드는 힘을 가진 자여, 누가 당신을 처벌할
수 있나요?

가장 반항적인 단어
(1878년경)

당신은 모르시나요, 제가 물러서서 허락하지 않을 때 당신이 가장 행복하다는 걸 — 당신은 모르시나요, "아니요"가 우리가 언어에 부여한 가장 반항적인 단어라는 걸?

아시겠지요, 당신은 모든 걸 아시니까요 — [……] 당신의 갈망 곁에 너무나도 가깝게 눕는 일 — 제가 스치면서 그것을 만지는 일, 저는 그저 가만히 잠들지 못하는 사람이고, 가끔은 당신의 손길을 벗어나서 행복한 밤을 통과해야 하니까요.

하지만 당신은 저를 다시 들어 올리시겠죠, 그렇죠, 오로지 그곳에서만 저는 있기를 원하니까 — 제 말은, 제가 그 갈망을 — 우리의 사랑스러운 과거보다도 — 더 가까이 느끼면 — 저는 저항하지 못하고 그것을 축복하겠지요, 하지만 저항해야만 해요, 그것이 옳을 테니까요.

'사다리'는 하나님의 것이에요 — 나의 사랑하는 이

여 — 저를 위해서가 아니라 — 위대한 당신을 위해 — 당신이 사다리를 넘는 것을 허락하지 않을 것입니다 — 하지만 그것은 오로지 당신의 것이에요. 그리고 옳은 때가 되면 저는 빗장을 들어 올리고, 당신을 이끼 위에 눕힐게요 — 당신이 제게 약속하셨지요.

제 손가락이 그것을 지킬 때, 거기에는 거짓 꾸밈이 없기를 소망해요. 저는 오랫동안 당신으로부터 제 고통을 감추어 왔어요. 당신이 굶주린 채로 저에게서 떠나도록. 하지만 당신은 신성한 빵 껍질을 요구하네요, 그것이 빵을 상하게 할 것임에도.

사람들이 찾지 않은 그 꽃이
당신을 장식하지요 — (그럴 자격이 있지요.)
〔……〕

짧은 책 한 권을 읽고 있었는데 — 제 마음을 무너지게 했으니, 그 책이 당신의 마음도 무너뜨리기를 원해요 — 그게 공평하다고 생각해 주실래요? 저는 그 책을 자주 읽곤 했는데, 당신을 사랑하고 난 이후로는 처음 읽었어요 — 그리고 그게 차이를 만들어 냈다는 걸 깨달았지요 — 모든 것에서의 차이를. 밤늦게 지나가는 소년의 휘파람도, 혹은 새의 낮은 〔……〕 — 사탄의 〔……〕 — 하지만 저는 여전히 다정한 다수의 이야기를 들어 본 적이 없어요 — 성경은 매우 악당처럼 말

하죠, "우매한 행인도 ─ 그 안에서는 실수를 범하지 아니한
다."[132]라고. 그 행인이 여성일까요? 고동치는 당신의 경전에
물어봐 주세요.

　　제가 신에 대해서 이야기하는 것이 ─ 아마 당신을 놀라
게 할지도 ─ 저는 그분을 조금밖에 모르지만, 큐피드가 많은
몽매한 마음들에 하나님을 가르쳐 주었어요 ─ 마법은 우리보
다 더 현명해요 ─

134 「이사야서」 35장 8절. "어리석은 사람은 그 길에서 서성거리지 못할 것이다."를 변
　　주한 문장.

당신의 황홀한 단어들
(1878년경)

　화요일은 매우 우울한 날이에요 ─ 다른 어떤 것의 총아가 형성되기에는 당신의 사랑스러운 편지로부터 충분히 멀리 있지 않거든요. 그렇지만 그 거리는 순식간에 사라져서 ─ 저는 부드럽게 소멸하고 새들을 (봄을) 물리치고 태양을 물리친답니다 ─ 애처로운 (낙담한) 악의를 품고 ─ 하지만 목요일 밤 태양이 모퉁이를 돌면 ─ 모든 것들이 생기를 되찾아요 ─ 그 온화한 행복감은 일요일 밤이 될 때까지 계속해서 자라나지요. 제 모든 삶은 (빨은) 열기로 가득 차요. 당신의 황홀한 단어들 ─ (넘실거리는 말들) ─ 이 가까워지면.

결핍으로 달콤하게
(1880년경)

당신이 어떤 것에 대해 아름답다고 말하는 걸 들어 본 적이 없어요. 저는 그게 아직까지 의문이에요. 다른 것과 마찬가지로 즐거움에는 어떤 경향이 있어요.

겨울 하늘(해 질 녘의 하늘 ─) (저녁 ─)을 배경으로 선 나무의 흔적처럼 고요(근엄)하네요.

작은 빈 공간에 키스를 남겼어요 ─ 지금은 잊으셨겠지만 당신도 두 번째 쪽에 그렇게 하셨지요 ─ 제 팔을 씻지 않을 거예요 ─ 당신이 스카프를 선물해 준 ─ 아몬드 같은 갈색의 팔을 ─ 당신의 손길이 날아가 버리지 않도록.

밤에 깨어 있을 때면 생각을 해보려고 해요. 그 시기가 어떻게 흘러갈지. 그 시기는 밤에 존재할 테니까요. 그러지 않을까요 ─ 저는 마음을 정할 수 없어요 ─

당신과 한 번도 함께 밤을 보낸 적이 없는데 저는 이상하게도 밤이 되면 당신이 너무나 그리워요─눈을 감자마자 사랑의 감정은 시간을 맞춘 듯 당신을 떠올리게 하죠─그리고 잠이 거의 다 채워 준 것 같았던 결핍으로 달콤하게 깨어나요─지난주에는 당신이 죽은 꿈을 꿨어요─누군가가 제게 당신의 조각상을 만들어 주며 그걸 덮고 있는 것을 벗겨 보라고 말했죠─하지만 저는 말했어요. 살아생전에도 해본 적 없는 일을 죽어서 하지는 않을 거라고요. 당신의 눈이 용서할 수 없을 테니─〔그 시간은 아름다웠어요. 천국 같던 시간의 길이를 당신은 너무나 사랑스럽게도 세고 있었지요. 에덴의 숫자들은 학생들에게 오랫동안 짐을 지우지 않아요.〕에덴은 점차 더 신성한 많은 에덴으로 흘러가니까요. 〔그러므로 사랑은 너무나 말이 없지요─그것은 사랑하는 이를 아껴 두는 것 같아요.〕

제 애정을 한 번도 표현한 적 없는 것 같아요.

저는 지나치게 솔직한 사람이라 두려웠어요─당신의 진정한 면모를 본 적 없는 사람에게 어떻게 존경을 표할 수 있었겠어요─

사랑하는 이여, 오늘은 아름다운 날이었어요─오로지 당신에게 바칠 수 있었으니─제 가냘픈 손으로 멀리 있는 당신의 희망에 부드럽게 전해 주었어요─초여름은 서둘러 떠나 버렸고, 어렴풋이 다가오는 한가로움은 자연의 분주함을

덮어 버리네요 ─

어제는 당신의 사이먼 피터를 왜 불신하셨나요 ─ 당신은 아니라고 하지만 그녀는 당신이 그랬다는 걸 알고 있었어요 ─ 왜 네스터가 당신이 제게 ─ 온종일 넋이 나가 ─ 당신과 함께 쉬라고 (당신에게 붙어 있으라고) 말하기 시작했다고 할까요 ─

가끔씩 저는 우리 둘 사이에 더 이상 나눌 말이 없게 된 것 같아 두려웠어요 ─ 당신이 너무나도 소중해진다면, 숨을 쉬는 것 빼고는, 그렇다면 단어들은 마치 빛나는 비밀 속에서 부드럽게 흘러나올 거예요. 그 빛나는 비밀의 광맥을 광부들은 꿈꾸지요.

우리가 그 희귀한 것을 저버리게 될까 궁금해요 ─ 그것은 너무나도 아름다운 집이라, 아마 그럴 리 없겠지요 ─ 절반쯤 희귀한 것 무엇이……

그 작은 즐거운 신

(1881년경)

월요일까지 살아 보려는 저의 하찮은 계책들로 당신의 슬
픈 관심을 얻어 낼(쟁취할) 수 있겠지요 ── (당신의 눈을 이슬
로 채울 수도) ── 넘쳐 나는 작업과 음모들, 그리고 작은 행복
들, 당신에 대한 생각이 그 모든 것들을 연장하고(조롱하고)
그것들을 냉담한 허위로 만들어 버리죠.

　　얼마나 재빠른가 ── 얼마나 무모한가 그이는 ──
　　얼마나 그릇된가 사랑은 언제나 ──
　　그 작은 즐거운 신을 섬기려
　　우리가 강제로 고통받는 것은 아니지

월요일까지 살아 보려는 저의 하찮은 계책들은 당신의
모든 기쁨을 어둡게 만들어 버리겠지요 ── 당신의 본성 속 가

장 깊숙한 곳에도 충분한 기쁨이(많은 기쁨이) 숨어 있으니까요—하지만 브라운이 잠에 대해 말했듯 결코 신뢰해서는 안 돼요—누군가의 기도 없이는—

그 고통스러운 달콤함

(1882년 4월 30일)

그의 귀여운 '장난감들'은 마지막 주 내내 매우 아파했어요. 다정한 아빠가 그들을 안심시켰지만, 그들은 믿을 수 없었어요―하지만 한 가지 은총이 있었으니, 정신이 혼미한 어머니가 잠드는 것을 방해해 어머니가 깨어 있는 채로 아빠에 대한 꿈을 꾸게 만들었어요―애정의 순수함으로.[135]

당신이 어디에 있는지 모르면서 당신에게 편지를 쓰는 일, 그건 완성되지 않는 기쁨이에요―물론 편지를 쓰지 않는 것보다는 달콤하죠, 당신이라는 떠도는 목표를 갖고 있으니까요―하지만 당신이 느끼고 있을, 혹은 우리가 함께 나눴던 순간의 즐거움과는 거리가 멀어요―저는 당신이 우리가 함께 나누지 못했던 순간들을 더 소중하게 느낀다고 강하게 추측하

---

135 디킨슨은 자신과 로드 판사를 3인칭 인물에 빗대어 동화처럼 장난스럽게 묘사하곤 했다.

고 있어요. 그 고통스러운 달콤함에 대해서는, 오로지 당신만이 판단할 수 있겠지요. 하지만 우리가 함께한 순간들은, 너무나도 좋았어요─그 순간들은 꽤 만족스러웠답니다.

매일같이 당신이 무슨 생각을 했고 무슨 말을 했는지 알 수 있어서 기뻐요─《리퍼블리컨》이 우리에게 알려 주니까요[136]─비록 그 흉악범은 당신을 볼 수 있고 우리는 그럴 수 없다는 사실이 이해할 수 없는 속임수 같지만. 신문에서 '인파'라고 표현하는, 사람들로 가득한 공기 속에 있는 당신의 소중한 폐가 걱정됩니다─우리는 당신이 배심원의 '기침'이 폐에서 나온 것이 아니라고 생각했다는 부분을 매우 재미있게 읽었어요. 당신이 호텔에서 피고인 키더의 판결을 기다리고 있는데 배심원단이 자러 가기로 결정했을 때, 저는 그들을 제가 본 중 가장 사랑스러운 배심원단이라고 생각했답니다. 당신이 '집에' 계신다고 믿어요. 비록 제 마음은 이런 제안도 거부하고, 부재─그것을 뺀─다른 모든 것들을 희망하고 있지만.

당신이 내게서 떠나신 후 겨우 두 번의 일요일이 지나갔다는 말을 들었어요. 제겐 여러 해가 지나간 것처럼 느껴져요. 오늘은 4월의 마지막 날이에요─제게는 의미 있는 4월이었

---

136 로드 판사는 4월 25일 스프링필드에서 열린 살인 사건 재판을 주재했는데,《스프링필드 리퍼블리컨》이 그 사건을 자세히 보도했다.

지요. 저는 당신의 품에 안겨 있었어요. 제 필라델피아[137]는 지구를 떠났고, 랠프 월도 에머슨[138]은 — 그의 이름을 아버지의 법학도 제자가 제게 가르쳐 주었죠 — 비밀스러운 봄을 감동시켰어요. 우리는 어떤 지구에 있는 걸까요?

천국이었어요, 몇 주 전 일요일은 — 하지만 그 또한 멈추었어요 —

중대한 것이 무르익고 있어요. 모든 것이 굳건하기를 바랍니다. 우리가 다시 한번 만나게 될 때까지 서로를 확고한 기회들에 내어 줄 수 있을까요?

월요일 —

어제의 당신은 저와 함께 있어요. 저는 '감기'를 모질게 한탄하고 있답니다. 저는 그것이 두려웠지만, 그럼에도 그것에게 다른 누군가를 대신 괴롭혀 달라고 간청했어요. 그 많은 생명들 중에 하필이면 당신에게 괴로움을 주러 찾아와야만 했을까요? 그것을 다정하게 다뤄 주세요 — 잘 달래 주세요 — 억지로 쫓아내려 하면 안 가고 버티려 할 거에요 — 당신이 "집에" 계신다니 다행이에요. 유언장에 집을 보충해 주세요. 당신에게 집이 없다면 저에게도 없는 것이니까. 제 다정

---

137 디킨슨이 존경했던 필라델피아의 찰스 워즈워스 목사가 4월 1일 사망했다.
138 19세기 미국의 대문호 에머슨도 같은 해 4월 27일 사망했다.

한 '필'[139]은 '자랑스러워'했나요? 어떤 시간에요? 말해 주시겠어요? 잠깐이나마 그의 흐릿한 형상을 볼 수 있다면 아침부터 〔……〕

〔……〕 당신이 들어오고 난 이후였어요. 문도 아니고, 어느 창문도 아니고, 아마 굴뚝을 통해서였을까. 사람들이 풀밭을 두드린다면, 풀밭은 그들에게 들어오라 할 수 있어요. 가끔은 풀밭이 그래 주기를 원해요 — 진심으로 하는 말이에요. 그건 엄청난 — 사랑스러운 이야기였어요 — 그 "귀여운 필"이 그의 편지를 몇 번이나 읽어 보았는지, 그리고 아빠도 가끔 그의 편지를 가끔 읽었죠. 하지만 저는 거짓을 받아들일 준비가 되어 있죠.

우리가 전혀 알지 못하는 대상들, 혹은 존재들이라고 해야 할까요 — '필'은 '존재'인가요, 아니면 '주제'인가요, 우리는 한 시간에도 수백 번 신뢰하고 또 불신하죠. 그것이 믿음을 민첩하게 만들어요.

하지만 어떻게 '필'이 아빠와 전혀 다른 의견을 가질 수 있을까요 — 저는 악동들은 떨어질 수 없다고 생각했는데 — "하지만 그럼에도 불구하고", 뉴베드퍼드의 엘리엇[140] 씨가 말하

---

139 '필'은 디킨슨이 로드 판사를 애정을 담아 부를 때 쓴 둘만의 은밀한 애칭이었다.
140 토머스 도스 엘리엇(Thoams Dawes Eliot). 보스턴의 유명한 사업가로, 디킨슨 자매가 워싱턴에 머무르고 있을 때 인연을 맺게 된 인물.

곤 했듯, "제가 착각을 한 것일 수도."

아빠에게는 사랑이 아직 뒤지지 않은 옷장들이 여전히 많이 있어요. 저는 정말 ─ 당신을 간절히 원해요. 공기는 이 탈리아만큼이나 부드럽지만, 그것이 저를 건드릴 때면 저는 한숨과 함께 그것을 내쳐버리죠. 당신이 아니니까요. 간밤에는 방랑자들이 찾아왔어요 ─ 그들은 산딸기만큼이나 짙은 색깔에, 얼룩다람쥐만큼이나 시끄러웠죠. 제가 생각하기에, 오스틴 오빠는 자신의 고독이 침범당했다고 느끼는 것 같았어요. 이 철저한 개인주의자들 사이에 발생한 사생활의 교란이 저를 매우 즐겁게 했답니다. 하지만 "마음은 알지요, 제 자신의" 변덕을[141] ─ 그리고 천국에서 그들은 구애를 하지도 또는 구애에 굴복하지도 않아요 ─ 얼마나 불완전한 장소인지!

스턴스 박사의 부인께서 버틀러[142]가 "스스로를 구세주에 비교한" 것이 너무 충격적이라고 생각하지 않느냐고 물어보셨어요. 하지만 우리는 다윈이 '구세주'를 없애 버렸다고 생각했지요. 글에 두서가 없는 점 이해해 주세요. 불면증이 제 연필을 비틀거리게 만드네요. 애정도 ─ 또한 ─ 그것을 막아서고 있

---

141 「잠언」 14장 10절. "마음의 고통은 자기만 알고 마음의 기쁨도 남이 나누어 갖지 못한다."

142 벤저민 버틀러(Benjamin F. Butler). 매사추세츠 하원의원을 지냈으며, 1882년 주지사에 당선되었다.

어요.

우리가 함께해 온 삶은 당신의 입장에서는 저에 대한 기나긴 용서였어요. 제 소박한 사랑이 당신의 법복의 영역에 무단 침입한 것은 오로지 최고 권력자만이 용서할 수 있겠지요—저는 다른 이에게는 결코 무릎을 꿇은 적이 없답니다—영혼은 결코 똑같지 않고, 매번 새로운 모습이 되지요—그리고 점점 더 신성해져요. 아, 제가 그걸 좀 더 빨리 알았더라면! 하지만 다정함에는 날짜가 없지요—그저 다가와서—압도해 버리니까요.

그 이전의 시간들은—아무것도 아니었는데, 왜 굳이 확고히 붙잡으려 할까요? 그리고 앞으로 다가올 모든 시간들이야말로, 시간을 폐기해 버리겠지요.

두려움이 찾아온 순간에

(1882년 5월 14일)

당신의 귀환에 제가 느낀 환희, 그리고 "발견되지 않은 나라"에서부터 되짚어 온 그 사랑하는 발걸음을 떠올려 드리기 위해, 당신의 삶이 멈췄을지 모른다는 두려움이 찾아온 순간에 생각나는 대로 적어 놓은 편지들을 동봉합니다. 생생하면서도 흐릿했던, 마치 꿈속에서 무서운 괴물들이 달아난 것 같은 느낌이었어요.

제 편지에 행복해하며 두려움의 기색이 가셨던 비니가 기차로 향하던 오스틴 오빠와 저에게 말을 전해 주었어요. "에밀리 언니, 신문에서 우리를 걱정하게 하는 소식을 본 게 있어?" "아니, 비니, 왜?" "로드 씨가 많이 아프시대." 저는 흔들의자를 꽉 붙들었어요. 제 시야는 흐릿해졌고, 제 몸은 얼어붙는 것 같았어요. 제 마지막 미소가 사라지던 순간, 초인종이 울리는 소리가 들렸고, 어떤 낯선 목소리가 "당신이 제일 먼저 생각났습니다."라고 말하는 것을 들었어요. 그사이 톰이 도착했고, 저는 그의 파란 재킷으로 달려가 제 마음이 그곳에서 무너지도록 했어요──그곳이 가장 따뜻한 곳이었으니까. "판사님은 곧 좋아지실 겁니다. 에밀리 씨, 울지 마세요. 당신이 우는 모습을 보지 못하겠네요."

그때 비니가 다가와 말했어요. "치커링 교수님이 우리가 전보를 치고 싶어 할 거라는 생각이 드셨대." 그리고 그분께서 "우리 대신 전보를 보내 주시겠다."라고 했다.

"내가 전보를 써야 할까?" 저는 전보에 당신이 어떤 상태냐고 물었고, 거기에 제 이름을 덧붙였어요.

교수님께서 그것을 가져가셨고, 애비에게서 용감한──제가 잊지 못할 활기찬 답장이 [……][143]

143 미완성 편지.

그보다 더 사랑스러운 것은

(1882년 11월경)

끝나지 않을 것 같았던 나흘의 시간이 지나고 당신에게 편지를 쓰는 이 천국 같은 휴식에 대해 어떻게 표현해야 할까요. 오늘 아침 잠에서 깼을 때 두통이 심해 톰을 만나지 못할까 봐 걱정을 했어요. 바로 그 순간에조차 시급하게 해야 할 일이 있다는 사실을 저는 어떻게 떠올렸던 걸까요? 심지어 밤에 답장을 쓰지 못하게 될까 봐 더욱 두려웠지요. 밤은 너무나 길고, 눈까지 오고 있으니까요. 눈은 마음이 스스로의 한계를 뛰어넘지 못하게 하는 또 다른 장애물이지요.

에밀리 '점보'라니요! 세상에서 가장 사랑스러운 별명이네요. 하지만 그보다 더 사랑스러운 것이 있어요 — 바로 에밀리 점보 로드라는 이름이에요. 제가 허락을 구해도 될까요?

애정이 불만을 갖지 않도록

(1882년 12월 3일)

당신이 편지를 쓰는 중이라면! 아, 제가 그곳에 있었더라면, 그걸 바라볼 수 있는 권한이 있었겠죠, 하지만 그럴 리 없겠지요, 당신이 절 초대하지 않는 한 — 서로에 대한 공경이 소중하니까. 아끼는 이여, 당신에게 편지를 썼어요. 하나를 받고 나선 너무나 많은 쪽지를 썼어요. 마치 하늘에 부친 편지 같네요 — 간절하지만 답장은 없는 — 기도도 답변을 받지 못하지만 여전히 많은 이들이 기도를 하지요! 어떤 이들은 교회에 가고, 저는 저만의 성소에 갑니다. 당신이 제 교회 아니던가요? 우리 말고는 아무도 모르는 찬송이 우리에게 있지요.

당신의 "추수감사절"이 너무 외롭지 않았기를 바라요. 약간 그랬다 하더라도, 애정이 불만을 갖지 않게 해 주세요.

수가 제게 과일로 만든 사랑스러운 다발을 보냈어요. 저는 그것을 이웃에 사는 죽어 가는 아일랜드 소녀에게 보내 주었어요 ─ 그게 제 추수감사의 방식이었지요. 죽어 가는 이들은 가깝게 느껴져요. 저도 제 사람들을 잃어 본 적이 있으니.

다행히 전부는 아니지요. 사랑스러운 "제 사람"은 여전히 남아 있으니까요 ─ 제가 부여한 이름보다도 더 사랑스러운 이가.

어머니가 돌아가신 달, 그 한 편의 드라마는 목요일에 끝이 났어요. 저는 그녀의 연약한 얼굴이 없는 공간의 형태를 상상할 수 없어요. 사랑하는 이여, 당신에게 제가 느끼는 감정 그대로를 말씀드립니다. 대부분의 사람들 앞에서 입어야 하는 영혼의 드레스를 입지 않은 채. 용기도 변화를 겪는답니다.

당신의 슬픔은 겨울의 일이었지요 ─ 우리의 슬픔은 하나는 6월에, 그리고 또 다른 하나는 11월에 있었고요. 저희 목사님은 봄에 이 땅을 떠나셨지만, 슬픔은 그 자체로 냉기를 품고 있어 계절이 덥혀 주지 못했어요. 당신은 사랑스러운 수줍음으로 저를 당신의 사랑스러운 집에 초대하면서, 당신이 "불편하게 만들지 않으려 노력하겠다고" 말씀하셨지요. 당신의 망설임은 너무나도 섬세해서, 바라보기에 얼마나 아름다웠던지! 이 세상에 존재하는 어떤 소녀도 그토록 성스러운 겸손을 가지고 있지 않을 거에요.

심지어 당신은 양해를 구하며 저를 품에 안으셨어요! 제 빈약한 마음은 무엇으로 만들어져 있는 걸까요?

겸손함을 자아내는 사람 스스로가 그것을 소중하게 여기면서 자신의 겸손함을 그렇게 우아하게 부탁하는 일은 사랑스러운 책망이에요. 희망의 다정한 목회자는 자신의 제물을 어렵게 구할 필요가 없어요——그가 요구하기도 전에 이미 제단 위에 올려져 있으니까요. 오늘은 모피를 입으시기 바라요. 두툼한 털과 제 사랑이 당신을 달콤하고도 따뜻하게 해 줄 거에요. 제가 당신에게 느끼는 사랑, 즉 당신의 저에 대한 사랑은, 제가 여전히 소중하게 여기는 보물……

감정을 휘몰아치게 하는 그 말

(1882년경)

당신이 몹시 피곤하다는 것을 알지만, 당신에게 부담을
주는 일을 자제할 수 없어요

과장된 웃음과ㅡ그리고 그 속에 담긴 아픔과ㅡ함께 당
신에게 부담을 주는 일을. 그분께 "주여, 당신이 당신의 왕국에
들어갈 때 저를 기억해 주십시오."라고 말한 것이 도둑이었던
가요? 그리고 "오늘 네가 나와 낙원에 함께하리라."라고 그분
이 우리에게 응답하셨나요?

낙원을 제기한 사람이 진정으로 그것을 가져야만 해
요ㅡ안토니우스가 친구에게 했던 말, "클레오파트라가 죽었
기 때문에"는 언어로 표현된 것 중 가장 슬픈 말이에요ㅡ감정
을 휘몰아치게 하는 '때문에'라는 그 말ㅡ

서랍장에 넣어 놓은 화약처럼
(1883년경)

환희의 연료를 치워버린다고 환희 그 자체가 사라지진 않
아요.

서랍장에 넣어 놓은 화약처럼, 우리는 기도하며 그것을
무시해 버리죠. 그 속의 천둥은 단지 잠들어 있을 뿐이에요.

오늘 밤 당신의 손에
(1883년경)

오늘 밤 당신의 손에 제 뺨을 낭비하고 싶은 기분이 들어요—저의 탕진을 받아(허락해) 주시겠어요—보물들을 당장 꺼내 놓으세요—그것들은 좀, 녹, 도둑에게는 가장 좋은 진통제예요. 재물을 쌓는 일에 대해 잘 알고 있는 성경이 의심했듯이, 그것들이 침범해 훔쳐 갈 테니까요.

밤은 제가 하루 중 가장 사랑하는 시간이에요—저는 고요를 너무나 사랑하죠—소리가 정지하는(멈추는) 것을 말하는 건 아니에요—별것 아닌 이야기들을 〔짜릿해서?〕 온종일 늘어놓는 사람들의 소리를 뜻하죠—당신을 용서해요.

편집 메모

편지들 사이에 삽입한 그림은 19세기 미국 화가들의 작품들이다. 에밀리 디킨슨과 동시대를 살았던 19세기 (또는 이후 20세기 초) 미국 예술가들의 다양한 시선도 함께 엿본다면 시대적 감성을 이해하거나 지역적 분위기를 비교하는 데 도움이 될 것이다. 참고로 화가와 작품 제목은 아래와 같다.

에밀리 디킨슨 우표(1971년)

작품에 대하여

"편지는 지상의 기쁨"

에밀리 디킨슨에게 신은 언제나 절대적으로 우월한 존재였지만, 그가 신의 압도적 권위에 무력하게 굴복하지 않는 도전적 정신과 자유분방한 시적 상상력을 지닐 수 있었던 것은 아마도 유한한 지상 세계의 필멸하는 인간만이 누릴 수 있는 특권을 확실하게 인지하고 있었기 때문일 것이다.

편지는 지상의 기쁨 ─

신에게는 허락되지 않은 것 ─

이 짧은 시구에서도 알 수 있듯 그러한 특권 중 하나가 바로 손으로 직접 쓴 편지를 주고받는 일이었으며, 디킨슨은 이러한 '지상의 기쁨'을 평생토록 열렬히 향유하고 또 끊임없이 추구했다. 그 소중한 기억들과 함께 불멸의 세계로 여행을 떠나려 했던 것일까? 디킨슨이 여동생 비니(Lavinia Dickinson)에게 남긴 유언은 자신이 죽은 후 간직하고 있던 편지들을 모두 처분해 달라는 것이었다.

1886년 5월, 디킨슨의 사망 후 비니가 시인의 방에 있던 벚나무 수납장 속에서 한 무더기의 편지들과 함께 발견한 것은 다름 아닌 한 땀씩 정성스럽게 꿰매 엮은 어마어마한 양의 공책 다발과 각종 자투리 메모들이었고, 그 속에는 1000편에 가까운 시가 아직 터지지 않은 화약처럼 고이 잠들어 있었다. 비니는 시인의 요청에 따라 고인이 받은 편지들을 모두 불태워 버렸지만, 언니의 보석 같은 시적 재능만큼은 반드시 세상의 빛을 봐야 함을 직감했다.

디킨슨이 직접 쓴 편지가 한데 묶여 공개된 것은 그가 시인으로서 사후의 명성을 얻게 된 것과 궤를 같이한다. 1890년과 1891년, 여동생 비니의 결단으로 두 차례에 걸쳐 출간된 디킨슨의 시집이 세간의 주목을 받게 되면서, 히긴슨(T. W. Higginson)과 함께 시집의 공동 편집자였던 메이블 토드(Mabel Loomis Todd)는 수수께끼 시인의 독특하고 난해한 시 세계를 이해하기 위해서는 편지가 매우 중요한 역할을 하리라는 것을 깨닫고는 곧바로 서간집 편찬 작업에 돌입한다. 토드는 비니의 도움으로 디킨슨과 생전에 서신을 주고받은 친척과 지인들을 수소문했고, 그들이 보관하고 있던 시인의 편지들을 취합해 1894년 두 권 분량의 서간집을 출간했다.

여기에는 물론 첫 서간집으로서의 한계도 없지 않았다. 디킨슨은 평소에 편지를 쓸 때 날짜를 잘 기입하지 않았기 때문에, 수신인이 편지를 받은 날짜를 직접 표기해 두거나 또는 소인이 남아 있는 봉투를 함께 보관해 놓은 경우가 아니면 각각의 편지가 쓰인 시점을 파악하기 어려웠으며, 수전(Susan Gilbert)과 로드(Otis Phillips Lord) 판사와 같은 중요 인물들에게 보낸 편지들도 의심스러운 이유로 제외되어 있었다. 하지만 토드가 편찬한 서간집은 디킨슨의 시가 더욱 심도 있게 논의되고 지속적으로 후속 출판이 이루어질 수 있는 최초의 토대를 마련했다는 점에서 의미를 갖는다.

디킨슨의 사망 후 연이어 출간된 시집과 서간집에 쏟아진 열광적 관심에도 불구하고, 평생 독신으로 외부와의 접촉을 꺼리며 은둔하다시피 살았던 시인의 생애는 '애머스트의 수녀'라는 왜곡된 신화를 만들어 내기에 충분했다. 고뇌와 번민에 휩싸인 예민하고 연약한 독신 여성 작가라는 편견은 디킨슨을 더욱 불가해하고 접근하기 어려운 인물로 만들었다.

이러한 가운데 1955년 디킨슨의 시 1775편을 총망라한 전집 출간으로 디킨슨 연구에 획기적 전기를 마련했던 토머스

존슨(Thomas H. Johnson)이 3년 후인 1958년에는 1150편에 이르는, 현존하는 디킨슨의 모든 편지와 미발송 편지 원고들을 집대성한 서간집을 출간하면서 디킨슨 연구는 다시 한번 새로운 기점을 맞이한다. 존슨은 편지에 언급된 사건이나 시인의 필체를 분석해 편지가 쓰인 시기를 추정하여 그것들을 연대순으로 배열하면서, 디킨슨이 나이가 들며 점차 시인으로 성숙해 가는 과정을 편지의 변화로 드러냄과 동시에 디킨슨의 생애를 다룬 전기 집필에 필요한 사료를 제공했다.

존슨의 판본은 무엇보다도 디킨슨이 세상과 유리되어 외곬으로 내면에만 천착한 수동적이고 신경증적인 여성이 아니라, 남북전쟁과 전후 재건기라는 격동의 역사적·정치적 현실 속에서 누구보다도 더 치열하게 삶과 존재의 문제에 몰두했던 열정적인 예술가였음을 부각시키는 데 기여한 바가 크다. 이 책의 출간 또한 존슨이 이룬 업적에 힘입어 이루어졌다고 해도 과언이 아니다.

디킨슨은 따로 일기를 쓰지는 않았지만, 편지를 쓰는 일만큼은 아주 어린 시절부터 시인의 빼놓을 수 없는 하루 일과 중 하나였다. 특히 외출을 꺼리기 시작한 20대 후반부터 편지는 본격적으로 디킨슨이 외부 세계와 소통하는 필수적인 수단이 되었다. 디킨슨의 편지들은 시인의 시 세계를 정의하는 특징들을 그대로 간직하고 있다는 점에서 흥미롭다. 그 고요하고 평온한 표면 아래 소용돌이처럼 휘몰아치는 격정과 비등하는 창조적 에너지, 사유의 광활함은 시에서와 마찬가지로 독자를 단번에 사로잡는다.

디킨슨의 시가 주로 다루는 불멸·죽음·자연·고통·예술·영혼·신성 등의 주제들 또한 그의 편지에서도 주요한 부분을 차지한다. 디킨슨의 시적 화자가 다소 음울한 분위기를 풍기며 비장한 어조로 신이 관장하는 추상적인 문제들을 성찰한다면, 디킨슨의 편지에서도 신앙이나 죽음과 관련된 실존적이고도 엄숙한 고민들을 자주 찾아볼 수 있다. 실제로 디킨슨은 가족이나 가까운 주변인들의 죽음을 접할 때마다 회복하기 힘든 정신적 위기와 육체적 고통을 겪지만, 생의 비극적 본질에 대한 시인의 예리한 직시와 처연한 통찰은 시에서와 마찬가지로 독자에게 깊은 울림을 준다.

이러한 공통점에도 불구하고 편지에서만 확인할 수 있는 인간 디킨슨의 개성과 매력이 분명히 존재한다. 무엇보다 시인의 편지들은 시인이 택한 은둔의 삶이 사회적 제약에 순응한 결과라거나 또는 그에 대한 좌절감의 표현이었다고 보는 편견을 깨뜨린다. 겉보기에는 수줍고 과묵했으나 스스로를 '스패니얼 강아지'만큼이나 친근한 성격을 가지고 있다고 자랑할 정도로 소중한 주변인들에게는 존경과 애정의 표현을 아끼지 않았던 여인. 당대 유명 문인들이 누리던 세속적 명성보다는 소수의 가까운 사람들의 인정과 관심을 더 갈구했던 여인. 시인이라는 호칭 없이도 스스로의 직업적 소명을 확신하는 데 흔들림이 없었던 여인. 제한된 삶의 범위 내에서도 끊임없이 영감을 발견했던 여인. 제도로서의 교회나 억압적 기독교 교리에 저항하면서도 자연의 모든 신비 속에서 신의 존재를 겸허하게 읽어 낸 여인. 일상의 가장 소박한 기쁨이나 생의 지극한 고통 속에서도 의미를 찾아내는 여인. 시인이 남긴 편지들은 이러한 실존 인물로서 디킨슨에 대해 보다 더 생생하고도 입체적인 접근을 가능하게 한다.

이 서간집은 디킨슨의 생애에 지대한 영향을 끼친 주요 인물들에게 보낸 편지 중에서 선별한 내용을 엮은 것으로, 그에 따라 각 장은 인물별로 구성되어 있다. 선정된 인물들은 10대 시절부터 말년에 이르기까지 시인의 인생 각 단계별로 긴밀하게 소통한 순서대로 배치했는데, 편지가 수신인을 기준으로 정렬되면서 앞선 장의 인물에게 쓴 마지막 편지보다 다음 장의 인물에게 쓴 첫 편지가 시간적으로 앞서기도 한다. 다시 말해 독자의 입장에서는 장마다 계속해서 다시 과거로 회귀하는 경험을 하게 되는 것이다.

이것이 다소 혼란을 야기할 수도 있음을 인지하면서도, 한 인물과의 지속적 소통의 맥락 속에서만 시인의 내면의 변화를 꾸준히 살펴볼 수 있다는 장점을 더 중요하게 고려했다.

사실상 사회적 삶이라는 것이 전무했던 시인의 인생에서 일부 특정 인물들과 꾸준히 이어 간 섬세하고 진솔한 소통만큼 시인의 내면을 견고하고 집약적으로 드러내 주는 방식은 없다고 보았다.

이러한 선별 과정에서 안타깝게 제외된 인물들이 있는데, 디킨슨의 오빠 오스틴(William Austin Dickinson)이 그중 하나다. 편지를 통한 시인과 오빠의 애틋한 소통은 주로 오스틴이 집을 떠나 하버드 법대 재학 중이던 시절 이루어졌는데, 그가 법대를 졸업하고 애머스트 자택으로 돌아온 이후에는 더 이상 의미 있는 서신 교류가 없었고, 게다가 10대 시절 디킨슨이 쓴 편지 대부분이 그러하듯 분량이 매우 길고 내용도 주로 잡다한 신변잡기에 가까워 중요도 측면에서 우선순위에서 밀렸다. 또한 이와 같은 이유로 친구 어바이아에게 보낸 편지에 덧붙인 추신 또한 일부 생략되었다.

지면의 한계로 인해 오스틴을 비롯한 가까운 가족 구성원 또는 친척들을 배제해야 했다면, 남아 전해지는 편지가 없어 선정하지 못한 인물이 있는데 그는 바로 찰스 워즈워스(Charles Wadsworth) 목사다. 시인의 부친 에드워드(Edward Dickinson)가 의회에 진출하며 가족들도 이따금씩 워싱턴을 방문했는데, 모처럼 여행에 나섰던 시인은 워싱턴에서 돌아오는 길에 들른 필라델피아의 한 교회에서 워즈워스 목사의 설교에 깊은 감명을 받고 그를 흠모하게 되었다. 워즈워스 목사는 디킨슨보다 열여섯 살 연상이었으며 이미 혼인한 몸이었기 때문에, 시인과는 특별한 인연으로 이어질 수 없었다. 하지만 시인은 한동안 그에게 꾸준히 글로써 정신적·영적 위안을 얻고자 한 것으로 알려지는데, 당시 20대 청년이었던 디킨슨의 풋풋한 애정 표현이 담겨 있었을 편지를 엿볼 수 없는 것은 아쉬움으로 남는다.

편지들은 별도 표기가 없는 경우 모두 애머스트에 있는 자택 홈스테드에서 쓰였다. 디킨슨을 무기력하게 방에만 틀어박혀 종일 시만 쓰는 은둔자로만 알고 있던 독자들이라면 실제로 그가 얼마나 바쁜 일상을 보냈는지를 편지에서 확인할 수 있을 것이다. 시인의 나날은 독서와 시 창작을 비롯해, 정원을 가꾸고, 요리, 청소 등 집안 살림을 책임지며, 동시에 바쁜 아버지와 병약한 어머니, 그리고 어린 조카들을 돌보는 일들로 채워져 있었다. 물론 소중한 사람들을 기억하고 그들에게 편지를 쓰는 시간도 빼놓을 수 없다.

디킨슨의 편지에서 시인에게 예술적 자극이 된 독서 목록을 찾아보는 것도 또 하나의 재미를 제공한다. 학교에서 배운 교과서들부터, 셰익스피어와 19세기 시인과 소설가에 이르기까지 디킨슨의 문학적 관심은 성경과, 고전, 그리고 당대 문학 작품까지 다양하게 아우른다. 지금은 디킨슨과 함께 현대 미국 시의 위대한 혁신자로 여겨지는 월트 휘트먼(Walt Whitman)이 보수적인 뉴잉글랜드의 문화적 영향하에 있던 디킨슨에게는 "부도덕한" 인물이라는 인상을 주었다는 흥미로운 사실도 발견할 수 있다.

특히 눈여겨볼 것은 편지 속에 삽입된 시들로, 때로는 별도의 서신의 형식을 갖추지 않은 시 한 편이 편지를 대신하기도 한다. 이것들은 디킨슨이 평소 어떻게 시를 창작하는지 그 과정을 짐작하게 해 줄 뿐만 아니라 아니라 기존에 잘 알려진 시들의 경우에도 수신자가 존재하는 구체적 소통의 맥락 속에서 그 의미를 새롭게 고찰하게 한다.

디킨슨의 편지들은 시인에 대해 친밀한 유대감을 느끼게 하지만, 그렇다고 해서 그것들이 시인에 대한 온전한 이해를 제공해 주는 것은 아니다. 시의 경우 한 편 한 편이 그 자체로 의미의 완결성을 지니는 반면, 편지는 전하고자 하는 의미가 수신인의 상황과 그것이 쓰인 맥락에 기대고 있는 경우가 대부분이다. 시인이 일방적으로 보낸 편지만으로는 숨은 의미와 의도를 완벽하게 파악하기는 어렵다는 뜻이다.

디킨슨 특유의 글쓰기 스타일도 애매함을 더하는 데 한몫한다. 특히 디킨슨이 본격적으로 시인으로서의 정체성을 확립한 30대 이후 쓰인 편지들은 응축되고 정제된 문장, 독특한 구문, 각종 문학적 장치를 활용한 표현들로 인해 그의 시를 읽는 것과 유사한 느낌을 자아낸다. 성경과 문학의 자유분방한 인유도 두드러지는데, 원래의 맥락과는 상관없는 자신만의 독특한 해석에서 이루어진 인용은 편지에 모호성을 더한다.

독자의 이해를 돕기 위해 가능한 한 구체적인 주석을 제공하고자 하였으나, 디킨슨의 시가 그러하듯 그의 편지가 갖는 애매함과 모호성 또한 그대로 남겨 두고자 했다. 사소한 일상 묘사 속에 뜬금없이 침투하는 비범한 상념의 근원을 모두 찾아내는 것도 쉬운 일은 아니었지만, 그보다는 집에 방문한 손님들을 위해 응접실에 얼굴 내미는 것조차 꺼렸던 디킨슨이 가까운 이들에게만 털어놓은 비밀스러운 이야기 속, 타인은 쉽게 파악할 수 없는 불완전한 의미의 틈을 남겨두는 것도 의미가 있으리라 여겨졌다. 특히 디킨슨의 시를 접해 본 이들이라면 쉽게 알아볼 수 있는 디킨슨 특유의 시적 리듬과 독특한 구두법을 의미 전달을 크게 방해하지 않는 선에서 가능한 한 살리고자 했던 것도 편지의 미묘한 여운을 그대로 전달하고자 하는 의도에서였다.

현대 시를 전공한 영문학도로서 역자가 가장 숭앙하는 시인의 편지를 선별해 번역하는 프로젝트를 맡는다는 것은 분명 다시없을 영광이었지만, 그것이 가져다주는 중압감 또한 피할 수 없었다. 1000편이 넘는 편지 중에서 극히 일부를 골라 디킨슨의 생애와 내면, 그리고 그의 예술 세계와 그가 생전에 나눈 교류의 성격을 완벽하게 재현하는 내러티브를 만들어 내려는 기획 자체가 애초에 불가능해 보였다. 하지만 그러한 부담감을 달래며 디킨슨의 진심이 가득 담긴 편지 속 문장들을 하나씩 우리말로 옮기는 과정은 예상치 못한 황홀감을 안겨 주었다.

위대한 시인이 아닌 가까운 친구이자, 삶의 동반자, 예술적 동지, 그리고 애달픈 연인으로서 디킨슨이 전하는 조심스러운 부탁이, 안타까운 고민이, 따뜻한 안부가, 당돌한 질문이, 그윽한 걱정이 어느 다정한 이의 속삭임처럼 시공간을 초월해 지금, 이곳에 도달하고 있었다. 시인이 신중하게 골라 쓴 단어들에 어린 설렘과 아쉬움의 감정에서 오히려 묵묵한 위로가 전해졌고, 때로는 그저 그 사랑스러운 편지를 정성스레 써 나가는 모습을 옆에서 조용히 지켜보는 것만으로도 충분할 것 같았다. 이러한 느낌이 독자에게도 온전히 전해질 수 있다면, 그것만으로도 이 불가능한 기획은 이미 절반의 성공을 거둔 셈이 될 것이다.

마지막으로 이 책이 탄생하기까지, 씨앗을 뿌려 주신 나의 은사 정은귀 교수님과, 결실을 맺게 정성 기울여 주신 민음사 양희정 부장님께 감사의 마음을 전한다.

2023년 시월
박서영

결핍으로 달콤하게

1판 1쇄 찍음 2023년 11월 1일
1판 1쇄 펴냄 2023년 11월 5일

지은이 에밀리 디킨슨
옮긴이 박서영
발행인 박근섭, 박상준
펴낸곳 (주)민음사

출판등록 1966. 5. 19 (제16-490호)
서울특별시 강남구 도산대로 1길 62 (신사동)
강남출판문화센터 5층 (우편번호 06027)
대표전화 02-515-2000
팩시밀리 02-515-2007
www.minumsa.com

978-89-374-7028-8 (94800)
978-89-374-7020-2 (세트)